心寂川

[日] 西条奈加 著

曹逸冰 译

SPM
南方传媒

花城出版社

中国·广州

图书在版编目（CIP）数据

心寂川 ／（日）西条奈加著 ； 曹逸冰译. -- 广州 ：
花城出版社，2024. 10. -- ISBN 978-7-5749-0204-6

Ⅰ. I313.45

中国国家版本馆CIP数据核字第2024GW6149号

合同版权登记号：图字19-2023-294号

出 版 人：张　懿
责任编辑：刘玮婷　徐嘉悦　鲁静雯
责任校对：梁秋华
技术编辑：凌春梅
装帧设计：周文旋

书　　名　心寂川
　　　　　XINJI CHUAN
出版发行　花城出版社
　　　　　（广州市环市东路水荫路 11 号）
经　　销　全国新华书店
印　　刷　广州市岭美文化科技有限公司
　　　　　（广州市荔湾区花地大道南海南工商贸易区 A 幢）
开　　本　787 毫米 ×1092 毫米　32 开
印　　张　8　2 插页
字　　数　146,050 字
版　　次　2024 年 10 月第 1 版　2024 年 10 月第 1 次印刷
定　　价　56.00 元

如发现印装质量问题，请直接与印刷厂联系调换。
购书热线：020-37604658　37602954
花城出版社网站：http://www.fcph.com.cn

目录

第一章

心寂川

河水死气沉沉，淤滞不动。

许是日积月累的草芥太沉了——十九岁的千穗心想。

寒来暑往，依偎着岸边木桩的草屑与落叶日渐腐烂。待到梅雨时节，河底便会发出阵阵呻吟般的恶臭。

木桩上挂着一块红布头，恰似此刻的自己。

这便是千穗出生长大的地方。

"也许人死到临头了，都是想叶落归根的吧……"

今年年初，母亲阿金从昭三老爷子的葬礼归来，有感而发。

老爷子因感冒卧床了一个多月，就此长眠不起。

"唉，真想回去啊……真想再瞧一眼霞浦①啊……"

据说病床上的老爷子翻来覆去地念叨。

"听说他老家在常陆②，是从霞浦北边的村子出来的。"

离开了故乡，便会心心念念？

————————————

① 日本第二大淡水湖，位于茨城县东南部到千叶县东北部之间。
② 古代日本令制国之一，位于现在的茨城县东北部。

不，不会的。我若能离开这里，就绝不会有回来的心思。

千穗烦透了河边的破瓦寒窑，也烦透了这个家。

父亲获藏捧着破酒壶，絮絮叨叨地说着醉话，一如往常。千穗则装出专心做针线活的样子。明明没人应声，母亲的唠叨却不绝于耳。不把攒了一天的鸡零狗碎都倒出来，她就浑身不痛快。

直到四年前，搭理母亲还是姐姐的职责。姐姐阿贞嫁了一个寿司小贩之后，便去了浅草安顿下来。

"阿贞也真够倒霉的，见着个长得还凑合的就掏心掏肺。卖寿司的都打扮得人模人样，乍看确实英俊。到头来还瞒着爹娘大了肚子，所以才遭了报应啊。好赌的男人最是要命，挣多少钱都不够他糟蹋的，只能靠阿贞做针线活养家糊口。要是她哪天带着孩子跑回来哭，家里也养不起啊。"

母亲倒油般地埋怨着，流汤滴水的没完没了。为什么母亲老说这些毫无意义的牢骚话？找岸边的桩子诉苦不也一样吗？千穗百思不得其解。

一通发泄过后，母亲心里就舒坦多了，只是苦了日复一日听她发牢骚的千穗。为什么眼睛能用眼皮挡住，耳朵却没塞子可用？千穗一边胡思乱想，一边穿针引线，排遣郁闷。

"烦不烦啊，还有完没完了！阿贞的那些破事儿都唠叨几百遍了，耳朵都长茧了！"

父亲大吼一声。烦躁为醉酒发红的两颊添了几抹朱色。他的说辞同样一成不变，好似戏曲中的一幕。

他平日里总是板着脸闷闷不乐，只在喝酒的时候耍耍威风。一醉就是好几天，没法按时出门干活，以致每一份工都干不长。眼下他在根津门前町的"柿汤①"澡堂当烧水工，但什么时候丢掉饭碗都不奇怪。

这个家也是靠母亲和千穗的针线活维持生计，和姐姐家并无不同。

同样的戏码日日上演，全无新意。

"千穗啊，你要是嫁了人，家里就冷清了，可千万别嫁太远啊。"

千穗在内心顶嘴：想得美。

"阿贞也不知道回家看看。清太都五岁了吧？正是最可爱的年纪呀。她男人也真是的，何必大费周章从根津挪去浅草呢？"

寿司小贩都要从饭馆进货。姐夫就是在根津沿街叫卖寿司时认识了姐姐。出嫁半年后，姐姐的孩子呱呱坠地。谁知又过了半年，姐夫就莫名其妙改去浅草的饭馆进

---

① 日语的"汤"意为"热水"。

货了。

搞不好就是姐姐出的主意。她许是想尽可能远离这个地方，远离这个家。

"等千穗也嫁了人，家里就剩我跟你爹了。多冷清啊……"

母亲重复着同样的话，仿佛时间倒回了昨日。

此刻的千穗唯有一念：紧跟姐姐的步伐，离开这个犹如纺车的家。

"哟，这不是千穗嘛，去交货呀？"

第二天，千穗刚出大杂院，便遇上了管事茂十。

茂十约莫五十五六，面相略凶，但性情温厚，和蔼可亲。

"嗯，老样子，去趟'志野屋'……"

"志野屋"是派针线活给她的成衣铺。话音刚落，她下意识看向河面。那块布头仍缀在淤水中，好似一朵被压瘪的红花，与数日前别无二致。

"怎么啦？"

"管事大叔，这条河是从哪儿来的呀？"

这一问来得突兀，管事不由得一怔。

此处乃千驮木的一角，人称"心町"。

名唤"心川"的小河流淌而过，两岸挤着四五间破败不堪的大杂院。大杂院不设院门，连住户都难以区分，于是人们把这一整片统称为心町。

按发音，这地名本该写作"里町"，许是有人把"里"字改成了更别致的"心"字。[①] 几间大杂院都没有正经房东，只设了一位管事，正是茂十。

"最近的应该是曙川吧？是曙川的支流吗？"

本地人口中的"曙川"是根津神社北面的一条窄河。

它自西向东流过神社领地的北边，汇入蓝染川。蓝染川继续向南，注入上野的不忍池。

心町所在的千驮木位于根津神社的北后方，中间隔着曙川和坡道，所以千穗还以为河水出自曙川。

"哦，也难怪你会这么想。其实这水是从崖上来的。"

"崖上？……"

"就是上头的大名[②]宅邸。"

管事口中的"崖"并非垂直耸立的山崖。本乡的台地比周围高出许多，无时无刻不在彰显自身的存在，西侧则刚好被陡峭的后山挡住。那里坐落着大名家的别院，不过没法从这儿看到。

"前任管事说，崖上埋了导水管……就是木头搭的水

---

① 日语中，"里"与"心"均为多音字，且有一个相同的读音"うら"，而"里町"本义为后街陋巷，很不雅致。

② 幕府统治下的封臣，类似于诸侯。

路，好把水引过来。"

"原来是人家洗衣刷碗用过的水呀？难怪这么脏。"

"大多是花园池塘里的水。看着混浊，许是因为带了不少泥巴……"

管事告诉皱着眉头的千穗，其实江户的下水干净得很，因为屎尿会被农民收回去施肥。

"许是这边地势低，所以水流才会淤积。你想啊，千驮木一带就心町跟擂钵似的往下凹不是吗？看这地形啊，很久很久以前——我是说大名宅邸还没建起来的时候，这儿搞不好有座蓄水池呢。"

作为穷乡僻壤的管事，茂十已经算颇有学识的了。

心川不过两间^①宽。河水在西边的崖下形成圆形的池子，然后斗折蛇行，横贯心町，从洼地东侧的洞口流向东北的大片农田。

年轻的千穗对大人的来历并无兴趣，却莫名觉得管事的推测合情合理。

"蓄水池啊……倒是跟心町搭调得很。"

雨水连同形形色色的污垢，堵得河道淤积不流。

眼下明明是一年里最舒爽的初夏，家里却有股霉味，水边也滋生了蚊蝇。都怪这地方不见天日，通风不良。离

---

① 日本旧时长度单位，1间约为1.8米。

黄梅天还有一个多月，却已是潮气扑鼻。仲夏时节就更不用提了，简直跟蒸笼没差。

千穗想：我可不是昭三老爷子。有朝一日脱了身，也绝不会惦记这鬼地方，心心念念要回来看看。

"这天八成要下雨，早去早回啊。"

管事又岂知女儿家的心事，不慌不忙地送走了千穗。

千驮木的坡道错综复杂。上坡路才没走几步便要下坡了。高高低低，起伏频繁，恰似扇面。只要走出千驮木，千穗便仿佛摆脱了心町的束缚，心头一松。

望着右手边的曙川，缓步下坡。

根津神社院内允许建设商铺。这一带的正式名称是"根津社地门前"，不过"曙村"这个叫法更为通用。论花街的繁华程度，门前町更胜一筹，但这边的酒馆和饭馆在数量上毫不逊色，陪酒的姑娘也不少，可以通宵达旦地饮酒作乐，河名也因此而来。

千穗在神社领地东侧的尽头过了桥，穿过曙村，继续向南前往根津门前町。

门前町和南边的宫永町都有花街。

坊间盛传，连吉原①都视这两处花街为眼中钉。待到

_____

① 幕府公认的花街。

夜幕降临，妓院鳞次栉比的街道便会多出几分淫靡的喧闹。虽被吉原打上了低俗的烙印，但胜在收费低廉，来自周边村镇的汉子们络绎不绝。

换作夜里，千穗绝不敢靠近一步。但此刻仍是上午，放眼望去不见客人的踪影，整条街仿佛都还没睡醒。志野屋就在宫永町。

这一带的成衣铺不做女装，专做妓院男仆的号衣和老爷们的裤子。每隔五六天来一趟便是千穗的任务。起初她每次前来，心情都十分沉重。

"哦，是你呀，辛苦了。拿来瞧瞧。"

女裁缝的叫法视工作场所而定，商铺的叫"针妙"，武士宅邸的叫"物师"，妓院的则称"针线工"。成衣铺的裁缝则是男性居多。志野屋也是清一色的男师傅。

查验针脚的总是同一位领班师傅，说话很不中听。

"进步不小啊……还记得刚来我们这儿的时候，你缝出来的针脚参差不齐，简直不像样。你姐姐阿贞十五六岁的时候，针脚就是齐齐整整的了，就跟用尺子量过似的。看来你娘的那双巧手都归了你姐姐——"

领班师傅总是毫不遮掩地拿千穗和姐姐做对比，冷嘲热讽，絮絮叨叨。刚开始接活的那两三年，她每次送衣裳过来，都会被勒令重做。

千穗确实没能继承母亲的巧手。辛辛苦苦熬了这么多年，也没喜欢上针线活。姐姐出嫁后，便在离家更近的浅草找了一家成衣铺接活，于是志野屋的差事便不容分说地落到了千穗头上。为了补贴家用，她不得不忍气吞声。而那嘴臭的领班师傅却在不断挑战她忍耐的极限。

"你不也是'坑坑洼洼'的嘛……"

千穗偷瞄领班师傅一眼，嘴里嘀咕道。年近四十的领班师傅年轻时许是出过天花，两颊凹凸不平。

"嗯？你说什么？"

"没，没什么。"

"哦，那我把下一批货给你。"

"话说今天……"

说着，千穗快速扫视狭小的店内。只有一位男顾客，是另一位领班师傅接待着。掌柜看着账本，哈欠连天。除了掌柜，师傅们平时都待在后面的作坊。母亲告诉过千穗，志野屋的前店很小，一墙之隔的裁缝作坊要大上好几倍。

见千穗支支吾吾，领班师傅投来别有深意的眼神。

"你是想问上绘师吧？他还没来呢。"

"是、是吗……那我先走了，下次再劳烦您指教。"

千穗被戳中了痛处，脸颊瞬间发烫。她将包袱紧紧搂在胸前，掉头就走，仿佛是想借此稳住狂乱的心跳。

沿宫永町的主干道向西拐，穿过一条小巷，便是一座寺庙。千穗来到偏僻的小佛堂前，等待片刻。

正如管事茂十所说，天上阴云密布，但初夏的风分外柔和，拂过潮红的脸颊时很是舒服。她也不觉得等待有多难熬。能像这样悄悄见上一面，就心满意足了。

再过两个半月——等夏天一过，他就会带我离开这个破落的地方。光是想象，都有种背上生出翅膀的错觉。

约莫一刻钟后，千穗等的人终于现身了。

"对不起，我来晚了。正要出门的时候被师父逮住了……"

一看到千穗，他便急忙奔来。一举手一投足，都是那样可爱。

千穗在志野屋邂逅了让她牵肠挂肚的人。事情要从去年霜月①说起，刚好是半年多前。

千穗接替姐姐的活儿已有四年了，领班师傅的唠叨本已消停不少，只怪她那天交的货确实质量不佳。许是月事临近，她总感觉心烦气躁，针脚也难免潦草了些。

"同款号衣要得多，人手不够，这才分了一部分给你们，我也知道时间紧张了些。可这般粗制滥造出来的衣裳哪能交给客人啊？跟我们家的师傅做出来的差远了，外行

————————————————

① 日本阴历十一月的别名。

人也能一眼瞧出来！"

领班师傅的说教没完没了。千穗自知理亏，只能缩着脑袋连连道歉。垂头丧气地走出店门时，一个声音从身后飘来。

"挨了好一通训呀。"

回头望去，是一个工匠打扮的年轻男子。

"别灰心呀。那位领班手艺不错，却是出了名的爱唠叨。严格要求，想必也是因为对你寄予厚望嘛。"

"呃……请问你是？"

"哦，不好意思吓着你了。我刚才也在志野屋来着，跟你一样来送做好的衣裳。"

千穗交货时全程低着头，都没注意到比自己晚来的年轻人。

"你也是裁缝？"

"不，我是干这个的。"

说着，他打开了手中的包袱。包袱皮里装着叠好的绸布，看着像上等的裙子。背面的领子下方印着个白圈。

"我天天干的差事，就是在这个圈里做文章。"

"哦，是专画徽章的上绘师呀。"

他咧嘴笑，道一句"没错"。正式叫法是"纹上绘师"，"上绘师"是简称。所谓"上绘"，就是在染成白色的布料上绘制的纹章和花样。

“我叫元吉，在茅町的‘丸仁’学艺。”

这人个子算高的。毕竟是一整天都坐在屋里的工匠，皮肤白净，身形灵敏。亲切的笑容更是让千穗倍感安心，于是她也自报家门。

“那我就叫你千穗姑娘吧？其实我在志野屋见过你两三次了。”

“是吗……我一点印象都没有。”

“因为你总是一交完货就立马走人。”

“万一被那领班师傅逮住，就得被念叨大半天，所以我尽量不跟他多嘴。”

“哦，也难怪啊。”

千穗对母亲的癖性深恶痛绝，所以平日里有意克制，不让自己发牢骚。姐姐走后，家里本也没有了听她倒苦水的人。

这位年轻的匠人却宛若吸力强劲的草根，把千穗的每一丝怨气都吸得干干净净。

“你嘴上说不乐意，可还是坚持了四年啊，已经很了不起了。‘修行没有回头路’是我师父的口头禅。只要坚持修炼，手艺就不会退步。”

“确实，最近这一年多啊，针脚的表情都安详了不少呢。”

“针脚还有表情？”

"有啊，针脚不是很像眯着的眼睛嘛。我以前缝出来的针脚特别丑，有的像在吹胡子瞪眼，有得像在哇哇大哭，最近看着倒有些笑意了。"

"哦，我懂。画得不好的纹章看着也是蔫蔫的，仿佛在可怜巴巴地说'你倒是想想办法啊'。"

"天哪，你画的纹章还会说话呢？"

光是和他在一起，千穗心头的阴霾便一扫而空。自那时起，他们每次在志野屋碰到，都会站在外面聊上一会儿。一个月后，见面地点就改成了寺庙的小佛堂门口。连"下次什么时候来"都会提前商量好。

"茅町在哪儿呀？"

"正对着不忍池。衣柜的四个角上不是有金属的护边嘛，不忍池西南角的'护边'就是茅町一丁目。"

千穗只熟悉根津周边。上野山和不忍池倒也去过，但次数屈指可数。去了下谷广小路和池之端这种热闹的地方，怕是会晕头转向。

想必那里聚集了来自江户各地的游客，有游山玩水的，有逛街购物的。老爷们看着腰缠万贯，女眷们妆容精致、衣着华丽。每个人都兴高采烈，跟过节似的喜气洋洋。

千穗心想，那定是一处汇聚幸福的地方。

"茅町肯定也很热闹吧？"

"不比边上的池之端。你们根津也不差呀。"

"就晚上热闹，也不关我们姑娘家的事儿啊。"

千穗孩子气地绷着脸道。只有在元吉面前，她才能露出这样的神情。

"元吉，你也常来根津找乐子呀？"

"呃，也不是从没来过，但……"

"莫不是早就有了相好……"

"哪有啊！师父也常提醒我，偶尔玩玩无伤大雅，但不可过度沉迷。"

千穗随口说的一句话，也能惹得他手忙脚乱。看着他一会儿一个样，千穗竟生出了近乎愉悦的感觉。

"哦，倒是有家常去的店，也就十来天去一次吧。"

"哟，哪家馆子呀？"

"不是那种有人陪酒的地方啦，是一家叫'葫芦'的小酒馆，我师兄家里开的，一个姑娘都没有。他们家的烤鱼可好吃了，师兄常带我去。"

千穗一打听，发现那家店离父亲烧水的澡堂不远。她心生一念：要不找个机会去瞧瞧？倒不是疑心元吉，毕竟她见惯了根津的花街，早就看开了，觉得男人在这方面都半斤八两。

眼下还没人正式提亲，不过家里跟千穗提过两三次。男方不是本地的货郎，就是收入微薄的伙计，也只有这样的才算门当户对。家里都很穷，长相也不是特别英俊，更没有过人的才干。千穗自己也明白，不趁早定下来，只会白白耽误花期。

可她就是下不了决心。

嫁了人也不过是拉扯孩子，伺候公婆，忍受夫君的挑剔。等待着她的是更多的磋磨，日子绝不会比现在轻松几分。到头来，也只能走母亲和姐姐的老路。

恰似那条流不动的河。它无处可去，唯有垃圾越积越多，日渐淤塞。

就在这个节骨眼上，一股清泉注入淤水之处——正是出现在千穗面前的元吉。

元吉二十有四，府中农户出身。家里有一小块田地，家业已由长子继承。

元吉是家中次子。他喜欢画画，又擅长精细的手工活。十二岁那年，由村长牵线搭桥，送他进"丸仁"拜师学艺。

"我虽已学成，但还不能自立门户，得在店里帮忙一阵子，回报师父的恩情。不过到今年六月底，两年的学徒期就到头了。那时我便能正式出师，当一个顶天立地的上绘师啦！"

元吉说得眉飞色舞，脸上满是期待。他高兴，千穗便也高兴。

相约在佛堂见面后，千穗开始有所察觉：和元吉在一起时，自己总是心潮澎湃。好似汩汩清泉注入静止不动的淤水塘，一鼓作气流溢而出。

　　我想和他天长地久。只要守着他，再苦再累也心甘情愿。

　　他定会带我离开这里，和我白头到老。

　　千穗的心绪已然超越了算计的范畴。

　　"元吉，你出师以后……有什么打算呀？"千穗终于在今天鼓起勇气问道，"肯定得离开丸仁吧？"

　　"嗯，出师了就得离开茅町……大概会跟师兄们一样，去别处做生意吧。"

　　避开上野和下谷周边，去别处找活干，不跟师父抢生意——这是工匠都要遵守的规矩，上绘师并非特例。

　　"那到时候……就近租个房子住？"

　　"差不多吧……"

　　"落脚的地方有着落没？"

　　"呃，还没……"

　　每每聊到这个话题，平日里爽快的元吉便会吞吞吐吐。

　　让人家刚出师就娶妻成家确实厚颜无耻了些，千穗实在开不了口。可他为什么不能给个承诺呢？姑娘一旦过了二十便成了旁人口中的"半老徐娘"。只要元吉开口让千穗等到自己站稳脚跟，哪怕多等一两年她也绝无怨言。

千穗心意已决，奈何每次聊起未来，他都避重就轻。

莫非元吉对她不是认真的？难道这一切都是她一厢情愿不成？

私底下见过好几回了，元吉却连她的手都不曾牵过。千穗也钻过牛角尖，动过一把搂住他的心思，但最终还是害怕占据了上风。元吉为人友善，也许在他眼里，这个小姑娘和萍水相逢的陌生人并没有太大的区别。还是说……在心町出生长大的她终是高攀不起？

思绪来来回回，兜兜转转。

那一日，心结终于爆发——

千穗垂头丧气地回了家，却发现家里来了稀客。

"回来啦，千穗！好久不见。"

"姐姐！什么风把你吹来了？"

"正好来根津办点事。不是我，是我家那口子——"

来人正是姐姐阿贞和外甥清太。姐姐产后略微发福，但精神不错。

"姐夫也来了？"

"在根津的时候很照顾他的饭馆老板病倒了，他是专程来探病的。别看他那副样子，其实可念旧情了。"

"你这孩子也不知道回来看看，逢年过节才能见上一面……”

　　“有什么关系嘛。清太，坐外公腿上来。”

　　“外公，你身上一股酒味……”

　　父亲昨晚喝多了，今天也没去烧水，一觉睡到大中午已成常态。不过长女和外孙的来访还是让他欣喜不已。哪怕五岁的外孙对他直皱眉头，他还是笑得满脸皱纹。

　　母亲嘴上发着牢骚，手却没停，一会儿倒白开水，一会儿上小咸菜。

　　父母的势利看得千穗目瞪口呆，但她的心境似乎也因姐姐的到来晴朗了几分。她不禁暗暗感激姐姐来得正是时候。

　　“你对我到底是什么意思嘛？”

　　片刻前，千穗终于开口问道。

　　“还用说吗，我心里当然是有你的！”

　　元吉答得不假思索，千穗顿感心花怒放。谁知好景不长——

　　“那……呃……你有没有考虑过以后的事……”

　　此问一出，元吉顿时一脸为难，低下了头。

　　“对不起，我还没法跟你保证什么……呃，绝不是不拿你当回事，只是我自己的事都还没理出个头绪……”

　　千穗懒得听他分辨，撂下一句“算了”扬长而去。元吉没有追上来，这更是让她气不打一处来。

连他第一次明确说出口的"心里有你"，回想起来都透着苦涩。

不迈出这一步，还能再多做几天幸福的梦。只怪她操之过急，毁了一切。

连下次见面的时间都没约。莫非这就是最后一面了？

"千穗，怎么啦？发什么呆呢？"

不知不觉中，千穗再次陷入愁闷。回过神来才发现，姐姐正一脸诧异地盯着自己。

"哦，对不住。姐姐你说什么了？"

千穗连忙转过头去，疑惑的目光却仍贴在她身上。

"你不会是……心里有人了吧？"

姐姐一语道破了心事，吓得千穗险些跟青蛙似的跳了起来。

"真有这回事吗，千穗？你看上谁了？"

母亲怪叫起来。抱着外孙的父亲也盯着她看。

"姐姐，你怎么冷不丁说起这个了，我哪儿来的心上人呀。"

"哦，是吗……"

姐姐的轻易放过反而让千穗瘆得慌。母亲刨根问底的眼神纠缠不休。更烦人的是，父亲像是突然生了闷气，沉着脸不言不语。

必须想办法打消他们的疑虑。得赶紧换个话题……就在这时，脑海中蹦出一个名字。

"对了，爹，你有没有听说过一家叫'葫芦'的酒馆呀？"

"葫芦？我常去啊……你问这个干什么。"

"志野屋的领班师傅跟我提过，说那家店离门前町的澡堂很近，我就想你是不是也去过……"

"我记得那个领班酒量不好啊？"母亲疑惑道。

"今天那位领班碰巧不在，我就跟另一位裁缝师傅聊了两句。他说……"

一个谎言要用无数个谎言来圆。

"姑娘家的跟陌生人聊酒馆，像什么样子……"

父亲把自己的问题束之高阁，板着脸教训千穗。千穗乖乖道歉，只为了尽快结束这个话题。

"外公，我饿了。"

多亏清太出言相救，父亲的不悦并没有持续太久。不一会儿，姐夫也来了，大杂院一派热闹的景象。

唯独姐姐看透了千穗的秘密。

"脸颊好烫哦……千穗，咱们去河边透透气吧。"

姐姐看准了父亲和姐夫喝起小酒，母亲忙着照顾清太的空当，把妹妹带了出去。

管事料事如神，午后下了一场雨，但不一会儿就停了。许是不大不小的雨反而搅浑了水，走在傍晚时分的河边，酸臭味扑鼻而来。

姐姐大概是不想在这样的地方久留，迅速切入正题。

"说吧，对方是什么来头？到哪一步了？"

"姐姐，你怎么还……"

"休想瞒我，你跟正月里简直判若两人啊。"

姐姐毫不掩饰得意的微笑。

"女人一旦对男人动了心啊，就会变得格外漂亮，藏在内心深处的爱意都会从面皮透出来呢。你这种素来一本正经的人就更容易上脸了，爹娘怕是早就疑心了……"

河边明明照不到夕阳，姐姐的直言不讳却还是让千穗脸颊泛红。她只得老实交代，自己喜欢上了在志野屋认识的上绘师。

"但他肯定不会再见我了……他怕是根本就没动跟我成亲的心思。"

"他没动，你就让他动嘛，就跟当年的我似的。"

"让他动？怎么说？"

姐姐对千穗耳语几句。

"天哪，姐姐！原来你是为了跟姐夫成亲才怀了清太啊？"

"那会儿他对成家这事儿也不太积极，于是我就轻轻推了一把。”

姐姐要的手段可谓胆大包天，惊得千穗一时间说不出话来。

“要是姐夫撂下你跑了怎么办？”

“到时候再说呗。我们能仰仗的也就这副身子了。除了这个，也没有别的筹码啊。”

“筹码……你不是被姐夫带坏了吧。”

千穗噘嘴道。姐姐哈哈大笑，说道：

“女人只会对心上人动真格。要想把人弄到手，豁不出去怎么行。”

姐姐脸上多了几分狠劲，语气也分外强硬。千穗胆战心惊：我有这个能耐吗？我真能什么都不想，扑进他的怀里，交出自己吗——就算生米煮成了熟饭，可以后该怎么办呢？元吉会怎么想？他会不会嫌弃我啊？

“你行事规矩，又要面子。是不是盼着有个人带你远走高飞啊？”

是——千穗在心中应道。

“千穗啊，你太天真了。有了心上人就得放手去追，靠自己爬出这个鬼地方。不趁现在拼一把，将来一定会后悔的。”

姐姐重重的巴掌落在背上，千穗不由自主地往前冲了一步。

学不来姐姐的手段，总能去茅町看看吧？要是以后都见不到他了，该有多寂寞啊……些许的勇气涌上心头。

千穗没去过元吉学艺的丸仁，但听他说过店在茅町的哪一块儿。

明天说什么都要去一趟不忍池——千穗怀着决心送走了姐姐一家。

可惜天公不作美，第二天一早就下起了大雨。

打伞也不顶用，走到茅町的时候，下半身肯定湿透了。

千穗以此为借口，拖了一天。

事后想来，只怪自己太没出息。

"咦，去烧水呀？"

千穗萎靡不振，父亲却一反常态，一早就收拾东西出门去了。

"多亏了清太啊，可算是打起精神了。"

"啰唆！走了——"

父亲撑开满是破洞的油纸伞，走入雨中。

"今天这雨可真够大的。再不停啊，河里的脏水又要泛滥了。"

西靠白山与本乡，东临上野山。蓝染川流经东西高地之间的谷地。根津和千驮木都在通往谷底的路上，所以处处是坡道。心町的条件虽比蓝染川沿岸好些，但也经常遭受水害。

所幸雨势到了下午便逐渐转小，傍晚时分便放晴了。

明天一定要去茅町见元吉一面……千穗一边做针线活，一边在心里念叨着。然而，针脚的表情仍带着几分怯懦。

"你爹怎么还不回来啊……好不容易出去干了一天活，也不知又上哪儿晃悠去了……"

千穗听着母亲的牢骚，吃了一碗茶泡饭当晚饭，照常睡下。

谁知午夜时分，骤然响起的敲门声撕破了梦境。

"阿金，快开门！获藏出事了！"

门外传来茂十的声音。虽然没支顶门棍，但千穗还是爬起来给人家开了门。

"哦，是千穗啊！刚才柿汤来人了！"

"我爹怎么了……"

"说是在酒馆打了个客人。"

"我家那口子怎么会跟人打架呢，肯定是搞错了……"

母亲走出里间说道。她瞪大眼睛盯着管事，早已是倦意全无。

"虽说人喝了酒是会性情大变，可他是对天发过誓的，说这辈子绝不再跟人打架了。"

"再？此话怎讲？"管事问道。

"……他年轻的时候也打过一架，把人打成了重伤，差点蹲了大牢。但那次是对方先动的手，所以才没被抓。他也吓得不轻……说以后再也不打架了。这些年他无论喝了多少，都没破过誓啊……"

"原来还有过这一出……"

"他要真动了手，那定是气急了，肯定是对方使劲刁难他！"

管事拍了拍母亲瑟瑟发抖的肩膀，似在宽慰："所幸没惊动官府，我这就去'葫芦'酒馆瞧瞧。"

"……葫芦？管事大叔，我爹在葫芦酒馆吗？他究竟打了谁啊？"

"具体的我也不清楚……只听说是个在店里吃酒的年轻工匠……"

葫芦——年轻工匠——脑海中立刻浮现出一幅画面。父亲一记重拳，倒地之人的面容与元吉渐渐重合。

"管事大叔，带上我吧，我也去！"

"别傻了，哪能深更半夜带个姑娘去花街啊。"

"那我就自己去！"

到头来，管事还是拗不过千穗。

街上一片漆黑，唯有茂十手中的灯笼摇曳不止，无依无靠。

千穂住得近，却几乎从未在夜晚踏足过这一带。

白日的悠闲不过是一时的假象。此时此刻，色欲暴露无遗。

鬼灯球①似的红灯笼。男人的叫嚷与女人的娇嗔。脂粉味和酱油味在空气中交织，浓香扑鼻。兴许这就是人的气息。平日里规规矩矩藏在腹中的东西，都在此地一吐为快，化作裹着兽性的浊气，笼罩街巷。

"千穂，你可千万要跟紧了！有些人是一见姑娘就要动手动脚……这地方就是这副德行。"

茂十来心町当管事的时候，千穂年纪还小。换言之，在这片土地上，千穂算得上茂十的前辈。这话虽有班门弄斧之嫌，但千穂还是对回过头来的茂十乖乖点头。

茂十的个子不算高，不过从身后看过去，倒觉得他的肩膀格外厚实。许是因为挺直了平日里弓着的背脊。千穂不由得想，管事大叔这身板看着跟武士似的。

根津门前町有五条横巷。管事往右一拐，进了西边的清水横巷。千穂也知道，"柿汤"就在这一带。管事告诉她，从澡堂数第五家就是，应该在一条窄巷对面。过去一看，门口挂着一块形似葫芦的小招牌。

---

① 酸浆，茄科酸浆属草本植物（*Alkekengi officinarum*）。

狭小的店内有两条摆成直角的长凳，空地上堆着酒桶，边上则是热酒的地方。外侧的长凳上坐着三个顾客模样的汉子，热热闹闹喝着酒。父亲获藏则坐在里侧的长凳尽头。

父亲身后站着两个人，好似看守。茂十报上姓名后，年长的那位表示自己就是店主。

"真要命。我一直看着的，两边一句嘴都没吵，他就冷不丁打了那个年轻人……不过嘛，后来我从儿子那儿听说了前因后果，挨打的年轻人也求我别报官。"

"请问……挨打的年轻工匠是……"

见女儿从管事身后探出头来，获藏吓了一跳。但他随即移开视线，哑了哑嘴。店主身边的儿子回答了千穗。

"你是千穗吧？被你爹打伤的就是元吉。我是他师兄。"

刹那间，热血上涌。热浪猝不及防地袭来，烧尽了千穗的理智。

"爹，你这是作甚啊！元吉是上绘师，平时要专心画各种精细的纹样，万一伤了手指和眼睛，要怎么跟人家交代啊！"

"闭嘴！他是死是活关我屁事！"

"再说了，你来这儿做什么啊？非得这么碍我的事不可吗？你是为了把我一辈子都绑在心町，所以才……"

"胡说八道！这么嫌弃爹娘，就赶紧滚出去！"

"行了行了，都少说两句……"

见父女俩突然吵起了架，管事连忙上前劝解。

"你要走就走……但他不是什么好东西。"

"爹，你跟元吉说了什么？你们都说了些什么啊？"

"他心不诚，只拿你当玩物。"

父亲没有正眼瞧千穗，兀自嘟囔道。从他嘴里说出来
的话，透着诡异的真实感。

一旁传来的声音，堪堪托住了她险些坠入深渊的心：

"不，没有的事儿！元吉对你是一片真心，所以
才苦恼不已，找我出主意。谁知我们说的话都被你爹听
见了……"

师兄用辩解的口气说道。八成是因为他们提到了千穗
的名字。

然而此时此刻，事情的经过已经不重要了。

"元吉……元吉他还好吗？伤了哪儿啊？万一伤到
了手……"

"放心吧。他是挨了两三拳，好在个子比你爹高些，
所以只伤到了下半边脸，也就出了些鼻血，兴许还折了一
两颗牙……"

片刻前的怒气迅速萎缩，转化成另一种疼痛，自双眼
喷涌而出。

见千穗掉了眼泪，师兄急忙补充道：

"哎呀，也没什么大碍。我娘在里间给他包扎呢，你要不放心就去瞧瞧吧。"

"也是啊，千穗，去看看吧。"

在管事的催促下，千穗掀起通往里间的门帘。

泥地间一侧有若干个房间，元吉就在头一间里。

"千穗……"

左脸颊的嘴边有一处很大的瘀青，看着都教人心疼。千穗的泪水再次夺眶而出。

老板娘察言观色，说伤口都处理好了，给他们腾了地方。

"别哭啦，也不是什么大不了的伤，不碍事的，牙也没断呀。"

元吉竭力安抚，千穗却仍是愧疚不已，哭了好一会儿才止住。

"对不住啊……我做梦也没想到……爹会做出这种事……"

"他是替你打的我。"

"……啊？"

"他是这么说的——'我才不会把宝贝女儿交给你这种人！'他是真的很在乎你啊……多贴心呀。"

千穗吸着鼻涕，用衣袖抹着眼泪，再次问道。

"元吉，实话告诉我，你找师兄商量什么了？"

"嗯……"元吉点点头，垂眼看着榻榻米，"我要去京城了。"

"京城？"

过了好一会儿，千穗才逐渐消化这个出乎意料的地名。在此期间，元吉娓娓道来：

"丸仁的师父年轻时跟一位京城的上绘师学过艺。听说那位大师功夫了得，宫里的衣裳都是交给他画的。师父问我，愿不愿意去京城再学两年——"

这可不是人人都能得到的机会。师父是看中了元吉的技艺和毅力，所以才建议他去深造。去了京城，他的技艺定能更上一层楼。对工匠而言，这样的机会可谓是千载难逢。照理说，他本该一口答应，毫不犹豫。

然而，元吉无法全心全意地为师父的建议而欢喜。原因自然是千穗。

"要学多久啊？"

"据说是三年，但那位师父非常严厉，有的熬了六年才出师，有的不到三个月就被轰走了。"

"我就不能跟你一起去吗？"

"他只收住家学徒……你就算是跟来了，我们也没法成家。"

难怪元吉迟迟没有跟千穗约定终身。

他必须在"千穗"和"深造"之间做出抉择。

而这个问题已有定论。

因为他方才已经明明白白告诉了千穗，"我要去京城了"。

"我一直都没明确表态，想拖到出师了再说，都把你拖急了……见你昨天发了火，我才下定决心，不再稀里糊涂拖下去了。"

元吉想了一整晚。忙完一天的活，又来找师兄商量。

"师兄说，我并不是在为要不要去京城发愁，而是不舍得跟你分开，开不了这个口。"

为什么呢？虽有沮丧，内心深处却莫名的平静。

莫非是因为，这是千穗第一次看清他的真心？至少，元吉心里确实有她。在过去几个月里，这人满脑子都是她。能让一个男人为自己辗转反侧，困惑迷茫，这辈子也算是值了。正是这份微不足道的满足，支撑着此刻的千穗。

她抱着最后一缕希望问道：

"我就不能……等你回来吗？"

"说实话，我也不是没想过……可是见到你爹之后，我就想通了，说什么都不能让你受这份委屈。"

万万没想到，竟是父亲推了元吉最后一把。这是何等讽刺，却又理所当然。父母的存在着实教人头疼。他们是束缚孩子的枷锁，带来了无数烦扰，关键时刻却又竭力相护。

"看到你爹这么疼你，我是打从心底里高兴。所以我决定去京城。"

被撂下的明明是千穗，满脸懊恼的却是元吉。他许是觉得，自己被千穗的父亲比了下去。

若此刻在这里的是姐姐，她会不会痛哭流涕，缠着元吉不让他走？会不会恋恋不舍，一口咬定自己会一直等下去？然而，千穗的心境平静得好似风暴远去的海面。焦虑挣扎多日的心落回了原处，老老实实。就此平息的是爱恋，还是——

"多保重啊……祝你早日成为独当一面的上绘师。"

"嗯……我一定好好学。"

千穗伸出手，紧紧握住膝头的大手。

对此刻的她而言，这一握已是极限。

元吉叠上自己的另一只手。没有拥抱，更没有紧搂，只是笨拙地确认彼此掌心的温度。

难舍难分——唯有这份念想，通过滚烫的手掌传来。

"走了，千穗！"

也不知过了多久，父亲不悦的叫唤响彻酒馆。

"千穗啊，知道这条河叫什么吗？"

沉默良久的茂十转身问道。

三人结伴回到心町。许是因为父女俩都没吭声，管事便也不敢多嘴。荻藏道了声谢，快步进屋。

"不是心川吗？它是心町的河，所以叫心川。只是不太有人特意提这个名字罢了。"

"心川其实是简称，真名不叫这个。心町这名字也是从心川来的。河名在先，町名在后。"

"那它叫什么啊？"

"我听人说，它叫心寂川。"

至于是叫着玩的，还是有什么说头，管事也不清楚。

"不过我一听到这个名字啊，就莫名生出了兴趣，所以才当了这儿的管事。"

"来了才发现这条河徒有虚名，放眼望去都是死气沉沉的脏水，肯定很失望吧？"

"那倒没有。谁心里没几潭死水呢。要是能把烦心事一股脑忘掉，那该有多轻松啊，却非要凄凄凉凉地攒着。可惜啊，人的天性就是如此。"

茂十平时从不讲这些大道理。许是察觉到了自己的反常，连忙改口道：

"你这个年纪的姑娘大概还体会不到吧。抱歉啊，拉着你扯了半天……你娘怕是担心坏了，快进屋吧。"

茂十道了声晚安，回了自己的住处。

漆黑的水面与天空的暗色融为一体，看不分明。唯有酸臭味阵阵扑鼻。

日历上已是夏去秋来。

不知元吉动身没有——

七月过去几天后，千穗胡思乱想着去了志野屋。

把做好的衣裳交给那位领班师傅，接过下一批料子，走出店门。近来领班师傅的唠叨明显少了，千穗很是庆幸。

原路返回，经过门前町的山门时，忽有喊声从身后传来。

"千穗姑娘！"

回头望去，原来是刚见过的领班师傅。他的肩膀上下起伏，竟像是一路跑来的。

"领班师傅，出什么事了？是衣裳缝错了吗？"

领班师傅简短应了声"不是的"，把千穗带去门边。

"千穗姑娘，我有话跟你说……"

如此一本正经地称呼她也是头一回。有话要说的明明是领班师傅，他却扭扭怩怩，让千穗等了许久。

"请问……您找我什么事呀？"

"呃，是这样的……听说之前常来我们铺子的那位丸仁的工匠去了京城……我本以为你俩是一对呢，所以吃了一惊……"

果然没瞒过这位领班师傅。细想起来，千穗和元吉总是约在去志野屋交货的日子见面，前后脚进店也是常有的事。

"劳您费心了，我跟他已经断了。"

"是吗……"

不知为何，他竟开心地咧嘴一笑。关你什么事啊……千穗顿感窝火。

都不知道他叫什么名字……千穗后知后觉。应该是听过的，但完全想不起来了。

"那你要不要……考虑考虑？"

"考虑什么？"

"要不要……跟我啊！"

一时间，千穗都没反应过来他到底说了什么。

领班师傅对一脸茫然的千穗语无伦次地解释起来——

他早就对千穗有了好感，奈何自己样貌平平，年纪又比她大了许多，所以迟迟说不出口。谁知半路杀出来一位英俊潇洒的工匠，他只得眼睁睁看着人家抢走千穗，自己都觉得窝囊。本已死了心，却得知那位工匠离开了江户，这才鼓起勇气找千穗表明心迹。

领班师傅东拉西扯，总算道清了来龙去脉。

长久以来，千穗几乎视他为仇敌，连他叫什么都没放在心上。毕竟是成天数落自己的人。

领班师傅的长篇大论没能打动她，唯有寥寥数语在她心中激起了少许涟漪。

"起初你的针线活做得着实蹩脚，我也觉得不堪大用。可后来眼见你一点点进步，我心里也莫名地高兴，就像是在默默关注一个学得慢的徒弟。对你百般挑剔，也是关心使然……"

实话实说，千穗怕是不可能对领班师傅动心了。

但得知对方默默留意了自己好几年，她还是颇感意外，莫名感动。

千穗绝不是出于"喜欢"才接下志野屋的差事，但也看着针脚的脸色，尽心尽力做了四年。知道有人把自己的努力看在眼里，心中暖流涌动。

"当然，你不用急着答复我，肯定也得问问家里的意思……一时半刻怕是也放不下那位工匠……我会一直等下去的，希望你能考虑一下。"

"哦……"

千穗呆呆应了一声，但还是点了点头。领班师傅似是松了口气，坑坑洼洼的脸上露出宽慰的笑容。

回家路上思来想去，可人还是蒙的。

她走到了大杂院门口，却没有回家，在河边呆立许久。

　　"心寂川啊……"

　　昔日的红布头不知去向。不知是随风飘走了，还是沉入了河底。

第二章

闺佛

中秋过后，河水的酸臭终于散去。

孤寂忽而袭来。真是奇了怪了……阿力忍俊不禁。

往日里，她总是一心盼着夏天赶紧过去。

甚至如金鱼那般终日张着嘴，生怕那仿佛出自小河本身的气味传进鼻腔。阿力所厌恶的，并非那让所有人直皱眉头的臭味，而是时而混杂其中的甜酸味。

明明别无选择，只能一动不动待在这里，日渐腐烂，却偏要展现媚态，无谓挣扎。

只觉得那条河像极了自己，可悲可叹，不由得瑟瑟发抖。

但一切皆成过往。因为如今的阿力有了手中之物。

也不知别人见了会作何感想。是嘲笑？同情？还是投来鄙夷的目光，说她疯了？——对此刻的阿力而言，这样的想象都无比滑稽。

她微微一笑，握着小刀的手多用了几分力气。

刀尖任她主宰，动作行云流水。听话的木屑落在膝头。

阿力在六兵卫的大杂院住了约莫十四年。

二十岁时，她随六兵卫来到此地，这些年一直都没挪过窝。

"大杂院"实为戏称。不过是一座破旧的独栋房罢了。

"六兵卫老爷的饭桶大杂院。"

心町街坊的闲言碎语，阿力早已听得耳朵长老茧。

心町坐落于千䭾木的边角，小得可怜。只有名字别致的心川两岸，尽是些破破烂烂的大杂院。

即使是在这样一个地方，六兵卫的大杂院仍显得格格不入。每每提起，男人都会面露浅笑，女人则是眉头紧锁。

因为住在这栋房子里的，都不是什么良家女子。

最大的三十好几，最小的二十有二。四个女人住在一起，最年长的便是阿力。大杂院还有另一个"雅号"。

"亏他能找来这么些个丑八怪。"

四人其貌不扬。她们来自五湖四海，年龄各异，个头与身材更是千差万别。唯一的共同点，便是都能归入"丑女"的范畴。

"'丑八怪大杂院'这名字起得可太妙了。也不知六兵卫老爷打的是什么主意……"

不是当面说的流言蜚语，也能七拐八弯传进当事人的耳朵里。年轻时的阿力也曾因无数谣言心痛神伤，如今却已成马耳东风，不痛不痒。中意丑女不过是六兵卫的口味，事到如今再为爹娘给的脸长吁短叹又有何益？

更何况，她是多亏了这张脸才得了六兵卫的垂怜，过上了安稳的日子，又何来嗟叹之理？

"阿力姐姐，老爷下次什么时候来啊？"

"老爷自有安排，问我也没用呀。"

"上回是阿文，前头两回都是湖代，都好久没来我屋里了。"

"哎呀，别跟吃了火药桶似的，总能轮到你的。"

阿艳二十九了。阿力也清楚她到了遭人厌弃的年纪，只能宽慰两句。最近她每隔两天便会来找阿力倒倒苦水。

"姐姐，你也替我说说情吧，让老爷偶尔也来瞧瞧我……好不好嘛，求你了！"

细想起来，这要求着实厚颜无耻。但如今的阿力无意争宠，便一口应下："我试试吧。"

"六兵卫大杂院"里，养着大隅屋六兵卫的四个小妾。

"大隅屋"做的是蔬果批发的生意，却与所谓的蔬果店略有不同。

店面开在驹达的浅嘉町。农民自古以来聚居此地，自然而然就形成了蔬果集市。农村已成城镇，集市却活力不减。每天早上都有众多周边农民把自家产的青菜、萝卜和牛蒡运来摆摊。负责协调管理的便是昔日浅嘉村的主要农户。改称浅嘉町后，也是这几家人说了算。大隅屋正是其中之一，世代以出租场地为业，管理集市的大小事务。

听闻六兵卫是一位不错的干事，为人友善，擅长调解纠纷。无论是买卖双方闹了矛盾，还是农户们大打出手，他都会听取双方的说辞，看准时机使出三寸不烂之舌，化干戈为玉帛。

由于他处事过于圆滑，旁人都不敢轻信，却也没到招人怨恨的地步。因为他这人天生就招人喜欢。

他的八面玲珑也在这个家里发挥得淋漓尽致。

"我来啦。夜风都凉了，是时候换厚衣裳了。阿力，给我热壶酒吧。就你手艺好，不冷不热刚刚好。阿艳啊，怎么不开心呢？哦，知道了知道了，过会儿好好听你说，别噘着个嘴嘛。阿文是不是瘦啦？好好吃饭没有？哎，快撒手啊湖代，这么缠着我可怎么脱褂子啊——"

六兵卫每隔五六天来一回，每回都是天黑了才现身。他总是先和每个人说说话，再喝点小酒，与四人谈笑半个时辰。与其说是闲聊，倒不如说是他单方面听小妾们发牢骚，偶尔附和两声。

到了合适的时机，再宣布散场。

“是时候安置了。”

祥和的气氛瞬间被紧张取代。六兵卫站起来，瞥向其中一人。湖代面露喜色，起身相迎。

阿艳顿时吊起眼梢，道：

“老爷，你好狠的心啊！净顾着湖代，根本不把我放在眼里！”

“别闹别扭嘛，阿艳。你跟湖代不一样，已经是大人了，拉着个脸多难看啊。”

六兵卫倒是好心，奈何“大人”二字在阿艳耳中无异于“半老徐娘”。尖脸渐渐变形，转眼就哭成了泪人。六兵卫一脸为难地转向阿力。这也是常有的事。世间男子都拿女子的醋意没辙，只想撒手不管，六兵卫又岂能免俗。

“好了好了，阿艳啊，别哭了，不然嗓子又要哑了。来，跟我过来喝一杯。姐妹几个喝喝小酒也不错嘛。”

六兵卫看准阿力安抚阿艳的空当，带着年轻的湖代快步回了卧房。

“气死我了！气死我了！凭什么让我受这种气啊！”

阿艳扯着嗓子，尽情宣泄，看得阿力都有些羡慕了。想当年置身同样的境地时，她愣是一句话都说不出口。

阿力出身贫农，老家在甲州街道的日野驿站附近。

还记得十多岁时连年歉收，周围几户人家的女孩都卖了身。阿力本也逃不过，谁知人牙子见了她便脸色一沉。

"这模样也太丑了……讨人喜欢些也就罢了，可瞧她这呆头呆脑的样子，怕是不成，铁定没人要。"

人牙子瞧不上也就罢了，更令阿力心寒的是亲爹的态度。

"少在我跟前晃悠！这大腮帮子看着都心烦。"

父亲动辄打骂，说她是不中用的饭桶。母亲也不敢搭理她，许是怕惹恼父亲。唯有祖母语重心长道：

"阿力啊，你这种面相叫'多福脸①'。这张脸啊，是老天爷的恩赐，会给你添福气的，可不能糟蹋了。"

奶奶说得对。多亏了这张脸，我才没像别家的姑娘那样被卖去妓院，坠入苦海……父亲拿她撒气时，她都在心中双手合十。而如此鼓励她的祖母也在前一年过世了。

当年人牙子走后没过多久，阿力就被送去江户打工了。十四岁那年，她进了白山神社门前町的烟斗店"茗荷堂"当女侍。茗荷堂的老板是做烟斗的师傅，店里的买卖都归老板娘管。

她就是在茗荷堂遇到了大隅屋六兵卫。六兵卫是来买烟斗的客人，大隅屋和集市所在的浅嘉町离白山神社都不远。

---

① 扁脸细眼大腮帮。

阿力奉老板娘之命上茶。六兵卫一见她便脱口而出：

"哟，我都好些年没见过这般大的腮帮子喽！"

客人这般出言不逊也是少有，接待他的老板娘都怔住了。

许是怕阿力心里不痛快，老板娘赔着笑，装作不经意地替她说话。

"这姑娘叫阿力，是个少见的直肠子，干活也卖力得很。"

"哦，那敢情好。"

六兵卫眯眼打量阿力。不可思议的是，阿力竟丝毫没动气。毕竟人家坦坦荡荡，也没对她冷嘲热讽，又是个四十五六的大叔。虽不伤心，对方随后的刨根问底却让她略感恼火。多大年纪了？老家在哪里？有没有定亲？……所幸有老板娘替她逐一回答：

"过了年就二十了，正是妙龄，我也想给她物色个好人家。您交游广，可得帮我们阿力留意着啊。"

老板娘不过是随口闲聊，六兵卫却一脸严肃，当即应下。

"好说，我也去打听打听。"

他拿着店里最便宜的烟斗，喜滋滋地打道回府。

"那位老爷脾性和善，可惜家大业大，却是铁公鸡一个，怕是指望不上。"

不必老板娘提醒，阿力本也没抱什么期望。虽不打算孤独终老，可这张脸实在是拿不出手。都说江户男多女少，总能遇上个愿意娶自己的奇人……阿力只想到了这一层。所以六兵卫在短短三日后再度现身时，她简直不知所措。

"关于上次那件事，你看我如何？"

"您的意思是……"

"哎呀，就是这位多福脸的姑娘。我一眼相中了她，想纳她进门。"

老板娘知道六兵卫早有家室。得知他动了这等心思，老板娘为阿力大发雷霆：

"纳阿力为妾？岂有此理！我们阿力受不得这种委屈。样貌差了些，也由不得您如此轻贱！"

老板娘气得眼中泪光闪动。六兵卫却没有退缩：

"不瞒你说，我内人都点头了。她比我年长几岁，已是许久不曾同房。这些年她没能生下一儿半女，怕是也很过意不去。反正家业有过继的儿子继承，我纳个一两房妾室，她也就睁一只眼闭一只眼了。"

六兵卫的坦诚反而让老板娘的表情越发严峻起来。她毕竟也是女子，单是听到"妾"这个字眼都不由得毛骨悚然。六兵卫的热情却让阿力大惑不解。

"老爷，恕我斗胆发问……您到底瞧上我哪一点了？"

阿力忍不住开口问道。

"当然是你的脸啊。瞧着你这张多福脸，我心里就格外踏实。"

既非讽刺，亦非挖苦。六兵卫一脸幸福地说道。

"多福脸招福气，你这张脸可是上天的恩赐啊。"

这句与祖母一般无二的话，让阿力打定了主意。

六兵卫想纳她为妾，也教阿力暗生欢喜。毕竟这是头一回有人拿自己当女人看。

茗荷堂的老板娘毫不留情地把人轰了出去。但六兵卫没有放弃，一次次登门央求。

"阿力姑娘，你就考虑考虑吧！我定会好好待你，绝不会让你受委屈！"

都不记得那是六兵卫第几次上门了。阿力目送那垂头远去的背影，道出心中的决意。

"老板娘，我想答应那位老爷。"

那都是十四年前的事了。阿力不顾老板娘的百般劝说，如离家出走一般跟六兵卫来到了这栋房子。

"人一旦坠入暗处，这辈子都没法重见天日了，别想再过上幸福的日子！"

离开茗荷堂时，老板娘撂下这么一句话。

老板娘所言不假。如今的阿力心知肚明。

我要是个寻常的妾，是不是就不会陷入这样的愁思了？毫无意义的叹息脱口而出。

六兵卫年长阿力许多，不过性格开朗，能言善道，待她也很和善。

刚来大杂院时，家里还有一位老仆妇，起初怕是专门负责看着阿力的。所幸她比较懒散，也不唠叨。两个女人悠闲度日，老爷五天来一次。生活枯燥乏味，年轻的姑娘本该耐不住的，阿力却发自内心地感激这般风平浪静的日子。

养着妾室的房子破成这样实属罕见，也不见华美的衣裳和发簪。但这里没有挥之不去的贫穷，也没有蔑视阿力的目光。

在好似被江户的喧嚣排除在外的心町，阿力第一次品尝到了自在安乐的滋味。谁知得来不易的安稳在四年后宣告终结。

打破平静的不是别人，正是阿艳。那时阿力已经二十四岁了。

"这姑娘叫阿艳，以后就住在这儿了，劳你帮着照看照看。"

起初，阿力还以为阿艳是老爷的亲戚，住进大杂院是另有隐情。得知她是六兵卫纳的第二房小妾，阿力如坠噩梦，都不知自己是该生气，还是该掉眼泪。

阿艳也是如此，毫不掩饰对阿力的敌意：

"一个没用的老太婆想在这儿赖到何时啊？我会好好伺候老爷的，还不快滚！"

那段时日，阿力惶惶不可终日，生怕同样的话从六兵卫嘴里说出来。花街的妓女上了年纪便成了老鸨。阿力愕然发现，自己也陷入了同样的境地。

心里七上八下，仿佛在隆冬季节被扒光了衣裳。谁知三个月过去了，半年过去了……六兵卫的态度丝毫未变。毕竟多了一房姜室，来阿力房里的次数难免少了些，但也不是全然不见人。

"你的身子可真热乎啊，阿力，就跟汤婆子似的。听说'婆子'就是妻子的意思。大唐①那边的汉子自个儿睡的时候，都把取暖的壶子当婆娘一样抱着，所以才有了'汤婆子'这个叫法。"

拿她和其他女人比，心里着实不是滋味。在小姜面前提妻子更是大错特错。

这无异于用圆头小刀割她的肉。六兵卫难道就不明白吗？还是说，男人个个都这么麻木不仁？

让两个小姜住在一起的用意更是费解。老仆妇看得目

---

① 古代日本习惯以"唐国"指代中国大陆。

瞠口呆，毫不留情地贬损道：

"当这儿是后宫呢？也不找间像样点儿的房子……让小妾住在这般寒酸的地方，说出去也没面子啊。好一只一毛不拔的铁公鸡！另找房子不是要多花钱嘛，所以他才把人安排在了一处，错不了！"

老仆妇只说对了一半。阿力在这件事里看到了六兵卫的阴暗面。

暗得伸手不见五指，看不清真相，摸不透真心。不过把好几个女人安排在一处，专挑相貌丑陋的，定是贯穿其内心的黑暗在作祟。

阿力心中是否也有同样的黑暗？莫非那黑暗正被六兵卫的圆头小刀一下下剐着，日渐蔓延？

别样的焦虑油然而生。一个问题在脑海中打转：我是不是应该主动请辞，离开这里？可是离开以后呢？她宁可去死，也不愿回到有父亲在的老家。无依无靠的身世，让阿力迟迟不敢开口。

犹豫不决的愁绪持续了近两年。直到一件出乎意料的东西，扫清了阿力心头的阴霾——

留意到它，正是因为其形状奇特。那日，六兵卫带来一个明显鼓起一块的包袱。里头到底装了什么？阿力很是好奇。

六兵卫又和阿艳去了里间，包袱则被忘在了外厅。老仆妇已经回房歇下了。

莫非是哪里的特产？阿力随手打开包袱，一个又细又长的东西就滚了出来。

长约六寸，与阿力胖乎乎的小臂相当。刚好可以纳入掌中的粗细。呈圆柱形，但顶端圆润鼓起。

明明是头一回见，但那淫靡的形状让阿力立刻反应了过来，耳朵顿时发烫。那竟是个假阳具。

发黑的木制工具沐浴着座灯的亮光，投下活物般的黑影。

阿力盯着它僵了许久，甚至不敢伸手去拿。就在这时，里间传来阿艳的娇声，显然是故意抬高音量给她听的。别看六兵卫有两房妾室，摆出一副好色的样子，其实纳阿艳的第二年，他已年过五旬，难免力不从心。他许是为防万一才随身携带了此物。也可能是——

阿力越看越觉得好笑，身体深处一阵湿濡。

也可能是，为了让她自行排解独守空房的寂寞？

下意识地伸出手去，拿起来把玩。轻得出乎意料，看来是空心的。表面光洁，没有划痕，应是全新。

她不禁细细打量起来。乍看像是手艺蹩脚的工匠制作的圆头木偶，鼓起的顶端好似面庞。

娇声再度入耳。阿艳喊得大声，听起来难免有些做作。阿力看着木偶的脸，滑稽之感忽而涌上心头。

她也不知道有什么好笑的，荒唐在哪里。但片刻前的疑念已然消失不见，奇异的鬼主意取而代之。

她忍不住想试上一试，飘飘然地从抽屉里拿出小刀。

在那张酷似毛毛虫的怪脸上，并排刻下两道下垂的细线。如此一来，脸上顿时就有了笑意。阿力琢磨片刻，又刻了一个开口向上的半圆。笑脸大功告成。她自己也扑哧一声笑了出来。

配上光溜溜的脑袋，简直跟僧侣似的。

不用多想，手便动了起来。

刻出两只耳朵，外加鼻子。工具的形状，让那张脸看起来像在祈祷一般。最后她又在"躯干"部分加了两只手，还刻了几条褶子，用作衣裳。

纠结近两年的愁绪一扫而空。

脑中一片空白，手中的小刀仍自顾自动着。这刀很是简陋，却是祖母的遗物。刀片夹在树枝做成的刀柄上，用细草绳扎紧便成了。刀法也是祖母教的。祖母心灵手巧，巴掌大的木头到了她手里，就变成了兔子老鼠之类的小动物，简直跟变戏法一样。阿力依葫芦画瓢，埋头苦干，却怎么都画不出祖母那般流畅的线条，做出来的东西很是粗糙。祖母却大加称赞，说别有一番韵味。

"奶奶……"

喃喃自语间，泪水夺眶而出，被膝头的木屑吸去。

工具上那张僧侣的脸，与祖母的面容惊人地相似。

"这是你雕的？"

老爷再度现身时，阿力又见到了那尊像极了祖母的僧侣。六兵卫拿着那东西如此逼问，阿力自是尴尬不已。可不知为何，六兵卫竟是面露喜色。

"老爷我知错了……就是一时兴起……"

阿力一本正经地道了歉，六兵卫却紧握她的双手：

"哟，还真是你啊！阿力啊，这可太有意思了，太有意思了！"

"……啊？"

"在这种道具上雕佛像，再别致新颖都没有了。这东西恰好被集市的汉子们给瞧见了，可谓是轰动一时啊。"

还记得那日回过神来的时候，天空已泛起了鱼肚白。叽叽喳喳的鸟鸣传入耳中。身体略感疲乏，但内心畅快满足。但阿力意识到，差不多到六兵卫起床的时候了。毕竟是集市的干事，一大早就得出门。她匆忙打扫地上的木屑，把顶着僧侣脑袋的道具塞回了包袱。

阿力并无明确的意图，不过是放空脑海，跟机关人偶似的动个不停。当然也没有恶意。那天她久违地睡到了中午，醒来后也觉得一身轻松。

事后回想起来，她也做好了挨骂的思想准备。见六兵卫提起此事，她顿时吓得面无血色。谁知六兵卫的口气竟有些扬扬得意：

　　"我把包袱里还装着这东西的事情忘得一干二净，跟集市的干事们一起吃午饭去了。吃着吃着，一不留神打开了包袱，这东西便滚了出来。在场的所有人顿时就变了脸色。"

　　六兵卫极力主张道，道具上的雕纹不仅别出心裁，还非常实用。阿力起初羞得满脸通红，头都不敢抬一下。老爷的提议却惊得她抬起了头。

　　"阿力啊，要不你再雕五六个吧？"

　　"啊？"

　　"他们都问我要呢。"

　　世上怎会有如此荒唐的事情？脑海中响起的声音很快被内心涌起的欲望所淹没。我想雕佛像，想雕更多的佛像……阿力这辈子第一次生出如此纯粹的欲望。阿力答应了六兵卫，但请他千万别泄漏雕刻者的身份。

　　几天后，六兵卫带着近十件道具来了大杂院。数量如此之多，看得阿力面红耳赤，但开始雕刻后，尴尬和羞耻便烟消云散了。展现在自己眼前的会是一尊怎样的佛像呢？她生出了近乎祈祷的念想。手一动起来，连这种念想都会消失不见。她就此埋头于"雕木头"这种纯粹的手工活中，意识飘向远方。

心町街坊多有隐情，平日里互不干涉，却难免出几个嘴巴和眼睛闲不住的。大杂院隔壁那户人家的妻子便是如此。

起初她全然不把阿力这个小妾放在眼里，可自从阿艳进了门，她的态度就柔善了许多。阿文和湖代来了以后，她的怜悯表现得越发露骨。阿文是愚钝的大块头，娇小的湖代则是精明又刻薄。老仆妇因腰伤搬走后，家务活也得小妾们自己动手了。

"阿力啊，你也挺不容易的。明明是家里最该摆谱的，却揽下了一堆麻烦事。也怪你人太好了，所以你们老爷才有恃无恐。你偶尔也得跟他说道说道呀。"

心里暗暗嘲笑小妾的，正是这群嘴上虚情假意的妻子。不知为何，世间女子都看不惯靠女人味讨生活的女人。许是嫉妒使然。一旦嫁为人妇，生儿育女，就没人再当她们是女人了。也许她们就是咽不下这口气，才格外痛恨花街的妓女和小妾。

除了对小妾的憎恶，对老爷的蔑视也能体现出她们心头的气。

"那位爷也真是的，自个儿不中用，却偏偏改不掉好色的毛病。"

六兵卫许是没有生育能力，四房妾室竟无一人有孕。

莫非六兵卫本人早在纳阿力进门之前就已有所察觉？他至今对丑女情有独钟，性格也一如既往地开朗。阿力常想——正因为他内心黑暗深沉，所以表面才更显明亮。

开始做木雕后，她对六兵卫不再有丝毫怨恨，反而心存感激。妾本是用完即弃的，年近三十就被扫地出门也是司空寻常。然而，六兵卫仍把她和阿艳留在身边。他素来吝啬，却从不责怪她们不劳而食。无论所作所为有多离经叛道，他终究是她们四人的保护伞。

脑海空空如也，唯有无法用言语表达的思绪填满心田。

不知不觉中，阿力已雕出了几十尊。那日完工的佛像令她格外满意。

她用旧绸巾一裹，匆匆出门。

"要出门呀，阿力？"

"嗯，去趟根津神社。"

半路偶遇心町的管事，寒暄一番。

"哦，对了。既然你要去神社，可否顺道帮着送件东西？"

"给谁呀？"

"榆老爹。"

哦……阿力心领神会。榆老爹是一位痴傻老人，住在六兵卫大杂院后面的堆房。他终日稀里糊涂，唯独记得每天去根津神社后门外的榆树下"当差"，雷打不动。"榆老爹"这个名字也是由此而来。

正是六兵卫在神社后门发现了他，把人带回了心町。

"他说他无家可归，我便想把他安顿在屋后的堆房。"

那是阿力进门三个多月后的事情。细算起来，榆老爹在心町的"资历"比阿艳还老。

"捡无人搭理的可怜人回家"许是六兵卫的癖好，但捡完以后，他便当起了甩手掌柜。真正在照顾榆老爹的，其实是管事茂十。

茂十递来一包饭团，说是让饭馆做的。

"榆老爹今年苦夏，瘦了不少。好歹让他多吃两口。"

管事素来周到，对榆老爹格外上心。

"您待榆老爹比亲儿子还亲呀。"

不过是一句玩笑话，管事却惊愕失色，神情一反常态地慌张。

"就是想谢谢您平日里对他的关照啦。"

阿力改口道。

"哦……"往日的温厚重归管事的面庞，"今天风大，路上小心。"

话音刚落便起了风，衣角不住飘动。

阿力几乎闭门不出，对季节的变化一无所知。

八月中旬的秋风拍打着她的小腿，仍有些许温热。

投下几文香油钱，摇铃拍手，合掌祈祷。

然后缓缓掏出怀里的包袱。打开绸巾，将雕好的佛像呈给神明。阿力觉得，这样才算是尽了礼数。

反正只露出了雕着佛头的上半部分，就算被人瞧见了，也猜不到那是房事用具。但神佛定能洞察一切。

请原谅我失礼不逊，把佛像雕在如此见不得光的东西上——

阿力如往常一样，感谢神明保佑自己雕出精美的佛像，同时暗暗道歉。

她用布盖好佛头，正要转身离去，一旁忽有声音响起。

"请留步！您手里的佛像，可否借我一看？"

方才在边上祈祷的男子盯着阿力手里的东西问道，看打扮似是一位工匠。

"呃……这……不行……"

"想必是十分名贵了，莫非是名家之作？"

"不不不，就是我自己雕着解闷的……"

"竟是夫人您做的？"

男子目不转睛地盯着阿力，目光几乎要在她额头上烧出一个洞来。她从不像寻常妾室那样打扮得花枝招展，乍看与大杂院的女眷并无不同，所以对方才会称呼她为"夫人"。

直到此刻，阿力才看清对方的模样。

年近四十，老实正经，长相与身材都能用"粗笨"形容。

"那佛像真是您亲手所雕？"

"是的……所以见不得人……"

阿力急忙将东西藏去背后，却是弄巧成拙。包袱半道上碰到了腰带，脱手落地。冲出绸巾的道具无情地滚到了工匠的脚下。见他弯腰捡起，阿力不禁双手掩面。

她羞愧难当，不敢抬头，只觉得腋下冰凉。

天知道那人会如何嘲笑她，辱骂她——阿力用双手蒙住眼睛，默默等待，等来的却是一声由衷的赞叹：

"太妙了……就跟圆空佛似的……"

阿力战战兢兢抬起头，透过指缝窥去。工匠盯着佛像看了又看，然后突然转向阿力问道：

"您是照着圆空佛雕的吗？"

"不是……'圆空佛'是什么啊？"

"您不知道圆空佛？"

对方怪叫一声。阿力蜷着脖子，点了点头。

"圆空是百余年前的僧人，也是一位卓越的佛匠。他雕刻的佛像有着粗犷的线条和做工，却散发着说不出来的韵味。朴实无华，却洋溢着催人合掌祈祷的慈爱，还莫名地庄严神圣。我也试着模仿过，却是学得了形而学不了神……哦，还没自报家门呢。我叫乡介，也是雕佛像的佛匠。"

原来是一位佛匠，难怪对佛像如此讲究。

然而，让这尊佛像长久暴露在人前终究不妥。

"能把它……还给我吗？"

"啊！对不住，怪我看出了神……"

"咦？"乡介正要把东西递过来，却发出一声惊呼。看来他总算瞧出自己拿着的究竟是何物了。阿力也只得认命。

"对不起，让您空欢喜一场……那不是什么佛像，而是见不得人的物件，跟工匠雕刻的佛像天差地别……"

"此言差矣！您的佛像是有心的，有魂魄寓于其中。没有魂魄的佛像，不过是雕了花样的木头和铁块。为佛像注入魂魄是何等艰难……"

他低头看向仍在手中的佛像。

"哦，原来如此……就是这神秘的笑容像极了圆空佛。"

"笑容？"

"嘴在笑，却与寻常的笑容有所不同。圆空佛的表情许是活法的写照。人生在世，难免伤心难过，难免懊恼委屈。我总感觉圆空佛会包容原原本本的我们，默默守望。您雕的这尊佛像也一样。不过是和蔼地注视着你，看久了却会鼻头发酸……因为这尊佛像里真有魂魄啊。"

阿力双手交叠置于胸前，仿佛在祈祷一般。啪嗒……泪滴落在手背。

啪嗒，啪嗒……泪水不断滴落。工匠面露惊讶，却没有多说什么，恰似手中的佛像，默默陪伴着阿力，直到泪水止住。

那日过后，阿力的生活天翻地覆。好似缓缓流过六兵卫大杂院门口的心川突然加快了流速。浑浑噩噩、凝滞不动的时间飞速流转起来。一眨眼的工夫便入了冬。

"想去寺庙看佛像？不过是个消遣，你倒还挺上心啊。"

六兵卫目瞪口呆，所幸他向来大方豁达，所以并未阻拦。阿力第二天便开始往弥念寺跑。起初是五日一次，后来渐渐发展成三日一次。

"阿力姐姐，没人拦着你求神拜佛，可也不能天天往外跑吧……"

阿艳怨声载道，两个小的却很支持。

"阿艳姐姐，你平日里就知道让阿力姐姐煮饭洒扫，连米都不会淘，有什么资格说三道四啊。"

"湖代，你说什么？有种再说一遍！把活推给她的又不止我一个！"

"别看我长得不怎么样，厨艺可是顶好的。往后阿力姐姐不在家的时候，做饭的差事就归我了。阿文姐姐也说衣裳都归她洗了。"

乍看比湖代壮上两圈的阿文收起丰满的下巴，点了点头。

"家里的事，姐姐尽管放心。"

阿文缓缓说道，语气恰似体贴女儿的母亲。她身宽体胖，沉默寡言，但头一个提出要分担家务的好像就是她。

"阿艳姐姐就负责洒扫吧。"

"你最小，凭什么你说了算啊！岂有此理！"

阿艳一通嚷嚷，最后却还是被两个小的半骗半哄着拿起了扫帚。

"对不住啊……我会带些好吃的回来的。"

阿力略感愧疚，匆匆离家。

这算红杏出墙吗？阿力走上熟悉的坡道，忽然想道。

千驮木被大片农田分为南北两边。从心町所在的南千驮木出发，沿农田左手边一路向北。脚下是一条坡道，越往前，左侧的台地就越矮。走到底便是建在山头的大名宅邸的外墙。每每看到远处的寺庙屋顶，阿力都心花怒放。快到北千馱木的时候左拐，便是一座座寺庙神社。弥念寺恰好坐落于中段。

穿过大殿后方，望向院落一角，便能看到一间被树木包围的小房子。阿力径直走去，推开房门。男人欢快的声音将她迎了进去。

房子里的榻榻米和推拉门皆已拆除，只剩木地板，很是宽敞。这里便是佛匠的作坊。乡介租下这间房子，用于雕刻佛像。

房间深处光照较好的地方摆着两个圆形草垫。阿力理所当然地坐在其中一个草垫上，拿起尚未雕完的佛像。佛像的载体已不再是那房事用具，阿力用的是乡介分给她的方木料，已雕好了大半。

一旁的乡介则雕着尊与人同高的坐像。

不过是在弥念寺一起卖力雕佛像罢了——阿力封住烟雾般升腾的罪恶感。

"后天出得来吗？"

"嗯，应该可以。"

"护国寺有场开龛法事。那边佛像格外多，早就想带你去开开眼了，咱们一起去吧。"

后天是十一月十八日。一时间，阿力难以置信：原来我们也才认识三个月啊……她笑着应下，乡介也回以微笑。之后便默默动手，不发一言。孤男寡女共处一室，却无丝毫旖旎。

也许正因为如此，他们的关系才得以维系。

阿力心想，自己本就其貌不扬，如今更是年华老去，所以人家才没动那方面的心思。此时此刻，她只觉得这一刻弥足珍贵。

听闻阿力的立场与身世后，乡介幽幽道：

"哦……难怪你的佛像如此震撼心魄……"

据说乡介年轻时也成过家，可惜他眼里只有佛像。两年过后，妻子便离他而去，这些年一直孑然一身。

两人就这般在小屋里待上两个时辰，用凿子和小刀雕着木头，偶尔相视一笑。时而细细打量对方雕完的佛像，时而漫步佛寺。

奶奶，您真是一点儿都没说错。多亏了这张毫无魅力的多福脸，我才能拥有如此幸福的时光。我已别无所求，只想一直这么过下去——

阿力对着祖母留下的小刀，虔诚祷告。这时，乡介一反常态，跟她闲聊起来。

"你家老爷是叫六兵卫吧？多大年纪了？"

"明年刚好六十。再过一年便是花甲之年了。"

"哦，都一把年纪了……"

他将注意力移回坐像的脸，手却停顿片刻，似有心事。

右手的锤子砸向左手的凿子，一如驱散愁绪。

咔——平日里清脆的声响竟略显沉闷。

谁知，阿力没能赴护国寺之约。

十七日夜里，六兵卫来了。他撂下咬牙切齿的阿艳，带着湖代去了卧房。第二天早上，风云突变。

"姐姐，阿力姐姐，快醒醒！"

身体被人剧烈摇晃，逼得阿力撑开沉重的眼皮。湖代全无血色的面庞映入眼帘。

"老爷就是不睁眼啊！怎么办啊，姐姐，怎么办！"

六兵卫以管理早市为生，所以平日里总是天不亮就出门。天空已然大亮，看样子应是六点半，太阳都出来半个多时辰了。湖代哭着嚷道，无论她怎么打、怎么掐，老爷就是不醒。

阿力连寝衣都来不及换，急忙赶去湖代的居室。只见六兵卫仰面躺在被褥上，半张着嘴。眼皮半开，虚留一缝。眼珠一动不动。敞开的胸口仿佛盖着木板，全无起伏。

阿艳闻声而至，阿力扯着嗓子让她去喊管事。茂十火速赶来，伸手摸了摸六兵卫的颈侧，又把了把脉，随即沉着脸缓缓摇头。

"来不及了……人已经没了。许是睡着睡着中了风，好在应当没受什么罪。"

"天哪，老爷……你怎么说走就走啊……"

阿艳扑倒在地，号啕大哭。哭了好一阵子的湖代也揪着阿文壮硕的身躯不放。阿文轻抚她的后背，泪流满面。

唯有阿力呆若木鸡。脑海朦胧一片，似有迷雾笼罩。徒留心跳分外吵闹。从意识到六兵卫离世的那一刻起，她的心一直怦怦直跳。

她也知道这一天迟早是要来的。多亏了六兵卫，她才能在此地安稳度日。老爷已年近花甲，来日无多，她却装聋作哑，逃避现实，埋头于雕刻佛像，沉醉于与乡介共度的时光。这就是报应。

六兵卫的遗骸，外加三个哭成泪人的女人。现实的重压，教阿力不知所措。

"没事吧，阿力？"

管事拍了拍她的肩膀，吓得她周身一颤。

"我待会儿就派人去大隅屋报信。先为他整理遗容吧，搭把手可好？"

阿力僵硬地点了点头，活像一个粗制滥造的提线木偶。

三个小妾被暂时请了出去。两人摊平被褥，重新安放六兵卫。逝者的筋肉已然僵硬，虽能将双手交叠于腹部，勉强合上嘴，眼皮却是无论如何合不上。

"这么看来，他的遗容倒也安详，就跟在笑似的。"

虽有些许扭曲，但乍看确实是笑脸，与阿力雕在房事用具上的佛头惊人地相似。

暖流涌上心头，泪水夺眶而出。

那一日，大隅屋迟迟没有派人来接，许是不想耻上加耻。直到太阳落山，才有一位领班带着一群壮工偷摸前来，用大板车运走了老爷的遗骸。

妾室又岂能参加葬礼。四个女人在惶惑不安中熬了近十天。

"我们会不会被赶出去啊？"

"老爷都没了，不走还能怎么办。"

"我不走！娘待我不好，我这辈子都不想再回去了！"

"……我也不想回娘家。哥哥们总是取笑我。"

"有爹娘兄弟就知足吧！我从小就没了双亲……也不记得他们待我好不好，所以从来也不想就是了。"

从某种角度看，六兵卫对妾室的来历毫不关心，四人也绝口不聊身世。阿力也从未主动打听过。她才知道阿艳孤苦伶仃，阿文出身穷苦，家里孩子又多，一直被哥哥们欺负。湖代的母亲则成天打骂女儿，排解夫君出走的怨气。无处可归，竟成了四人唯一的共同点。

　　娘家以女儿为耻，觉得做妾脸上无光，伸手要钱时却一点儿都不含糊。妾也算下人，有份例可领，只是数额不多。她们的银钱都被娘家卷走了大半，几乎没有积蓄。阿艳虽无父无母，却得孝敬抚养她长大的伯父伯母。

　　"你们也别愁眉苦脸的了。放心，房租是交到年底的，新房客也还没着落，不会赶你们走的，慢慢考虑便好。有什么事尽管找我商量，不必太着急，眼下就先悼念六兵卫老爷吧。"

　　管事茂十如此宽慰道。四人相依为命，一天天熬了过来。谁知，简简单单的生活还是戛然而止。

　　大隅屋的老板娘大驾光临。

　　"早就听说有这么个地方了，亏他能找来这么多丑八怪。"

　　老板娘环视四房妾室，用袖口捂住口鼻，仿佛连这屋里的空气都不愿多吸一口。

　　听说老板娘比六兵卫大四岁，已是六十有三。她顶着一头白发，脸上也有与年龄相称的皱纹，却是眉清目秀，年轻时肯定很漂亮。

　　"害得我在外头都直不起腰。最后竟还死在了妾宅，死到临头了都不安生……"

　　"怎么说话呢！他好歹也是你夫君啊！人都走了，怎么还说他的坏话呢！"

"别说了，阿艳。"

"可是阿力姐姐……"

阿力好不容易稳住阿艳。抬起头时，正巧和老板娘四目相对。

"你就是阿力？……就是第一个……"

"是的……"

"只有你一个的时候，我倒也不怎么烦心。哪知他足足纳了四个，我再动气反倒滑稽了。"

纳阿力进门时，六兵卫说妻子是点了头的。这究竟是无关紧要的谎言，还是他误会了妻子的心思？眼前的老板娘是不是也有过和阿力一样的愁绪，而且比阿力多愁了一回？——许是在阿力眼中看到了怜悯，老板娘不耐烦地甩开她的目光，喃喃自语：

"莫非是亲娘的诅咒……"

"此话怎讲？老爷的亲娘怎么了？夫人，求您告诉我们吧！"

见阿力苦苦哀求，老板娘皱起眉头，如实相告：

"听说六兵卫是庶子，亲娘生得很是丑陋。他在三岁那年被接回了本家，亲娘却不知所踪。有传言说，她是因被夫君抛弃而投河自尽了。"

六兵卫的黑暗源于母亲。正因为母亲惨遭父亲的厌弃，无依无靠，六兵卫才纳了她们四个，一直留她们在身边。也许就是对亡母的追思，招来了那些黑暗。

然而，那真是"黑暗"吗？

呜……阿文哽咽了。阿艳和湖代也哭了出来。阿力用衣袖擦拭眼角。是六兵卫救她们脱离了娘家和世间的苦难，此事毋庸置疑。

老板娘把一个薄薄的纸包推到阿力面前，说道：

"这是我的一点心意，权当是遣散费吧。从今往后，大隅屋与你们再无瓜葛。"

老板娘的嘴角第一次有了笑意，颇有些神清气爽。

"一人才给一分啊！这也太小气了。"

纸包里装着四枚一分银币。抢先打开纸包的阿艳顿时垂头丧气。这么点钱都熬不到过年。似有寒风穿堂而过。

"阿力，有人找！"

茂十的声音随开门声传来。阿力费力地站起身，却见乡介杵在门口。"你们先聊着。"茂十说走就走。

"对不住啊，阿力。我本不想来的，可你都十多天没露面了，我担心你得了重感冒才……管事都告诉我了。"

乡介的体贴教她心头一暖。

"阿力，你往后有何打算？想好去哪儿了吗？"

"还没呢……"

"那要不要来我这儿？呃，我是真心盼着你来！"

"乡介师傅……"

一时间，阿力仿佛置身梦中。她说什么都不敢相信这突如其来的幸运，只得看着乡介发愣。

"前脚丧夫，后脚就让你改嫁，确实有些难以启齿……这件事大可从长计议，反正我就是想和你在一块儿。在那间小屋里雕雕佛像，逛逛寺庙，瞧瞧佛像……阿力，你可愿意？"

岂有犹豫之理。只要点头答应，就不必再忧心出路了。然而，阿力的下巴愣是动弹不得，仿佛僵住了一般。

恰在此时，厉声打破沉默。

"叛徒！"

身后的拉门开了，阿艳立于门后。

"本以为家里也就你还靠得住……没想到你竟背叛了老爷，勾搭上这么个小白脸！"

"阿艳……你误会了，他是……"

"别再让我看到你这张脸！给我滚！有多远滚多远！"

阿艳撂下一串透着怒气的脚步声，消失在走廊深处。

"对不住啊，阿力，都怪我稀里糊涂说错了话……"

"不怪你，但今天还是先……"

"嗯，我这就走。不过刚才说的，你认真考虑考虑可好？"

"谢谢你特意过来……我很欢喜。"

听到这话，乡介粗犷的脸上笑开了花。

许是在外面说话时习惯了光亮，回屋后总觉得家里分外昏暗，阴气森森。阿艳待在敞开的厅堂深处，阿文与湖代相依而坐。湖代似是闹了别扭，一见阿力就把头扭向一边。阿文却直视阿力道：

"阿力姐姐，你就跟他走吧，不用顾忌我们。"

"小文……"

"姐姐才最该过上幸福快活的日子啊。你为我们受了那么多委屈，理应多幸福一点的。阿艳姐姐其实也是这么想的。湖代，你不也一样吗？"

湖代还噘着嘴，却也微微点头。

六兵卫的身影浮现在两人背后。

"拜托你了，阿力……"

只见他露出佛陀般的微笑，如此说道。

那一刻，似有圣光从天而降。

啊……原来是这样……难怪我没能当场答应乡介师傅。

阿力连忙打开衣橱，一通乱翻，抓起几根雕了佛头的房中用具。

"我去趟管事那儿,马上回来!"

她夺门而出,跑过五六栋房子,冲进茂十的住处。

"管事老爷,我想卖了这些……您认不认得收这种东西的店家啊?"

阿力冷不丁掏出一堆用具来,素来镇定的茂十都不由得吃了一惊。不过见人家一本正经,他便也一脸严肃地端详起来。

"这些佛像……是你雕的?"

"对,您说能卖钱吗?"

"有戏,花街肯定有卖这玩意的商店,打着'闺佛'的旗号吆喝吆喝,定能引来不少买家。要不我帮你问问去?"

"太好了,多谢老爷!对了,房租就用卖这些东西得来的银钱交,就让我们继续住下去吧。"

"还是你们四个住一块儿?"

阿力坚定地点了点头。沉着脸的管事便也缓缓露出深邃的微笑。

"再也不理刚才那位了?"

"不……只要跟原先一样,时不时见上一面,我就心满意足了。"

茂十"哦"了一声,姑且收下那些东西。

只要能在弥念寺的小屋里和他一起雕雕佛像，她便由衷欢喜。

　　但我不会再雕寻常的佛像了——

　　阿力决意在心。

第三章

起个头

一夜之间，街巷面目一新。放眼望去，尽是炫目的白。

破瓦寒窑不过是重新粉刷了屋顶，竟也能呈现出截然不同的面貌。被风刮来洼地四处的垃圾也好，飘浮在大气中的尘埃也罢，仿佛都被封锁在了这满目的洁白之中。

与吾藏出神片刻。人若也能这般从头来过该有多好……叹息脱口而出。

淤滞不动的小河告诉他，那是痴人说梦。

唯有河水以污浊之色示人，恰似划破雪景的裂口。

顾名思义，"四文屋"的菜品均以四文钱结算。

一枚四文钱可以买到凉拌豆腐、炖羊栖菜、凉拌绿叶菜等小碟配菜。出两枚便能享用炖地瓜或烤鳎鱼①。米饭和汤加起来也是两枚。在荞麦面馆单叫一碗面就要十六文，也就是四枚四文钱。而在"四文屋"，同样的花销足够饱餐一顿。

————————
① 沙丁鱼。

在心町开办这家小店的，是前任店主稻次。何必选如此冷清的地方？边上就是热闹的根津门前町，怎么着都该开去那儿——当时与吾藏如此劝道。

"我没钱开一家像样的饭馆，再说还得还债呢。"

稻次窝囊地辩解道。直到很久以后，与吾藏才意识到，他刻意避开闹市区的原因不止这一个。花街处处是诱惑。稻次倒不是好色，而是容易沉迷赌桌，一屁股债便是这么来的。

在如此捉襟见肘的情况下开店，本钱自然少得可怜。稻次在后街大杂院租了套房子，四帖①半的木板间给客人坐，一帖左右的厨房便是他烹制饭菜的地方。灶头不过一口，砧板也只得架在小水槽上。即便如此，顾客还是络绎不绝，皆因稻次手艺过硬。

稻次年轻时曾在"荣江楼"学艺，与吾藏亦然。虽不及"八百膳"和"平清"声名远扬，但荣江楼始终在美食排行榜上名列前茅。

连头带尾的大鲷鱼，鱼鳞甜香四溢；还有毫不吝啬蛋液的煎蛋卷、色泽鲜亮的蔬果，以及盐渍海胆、海参肠、野猪肉等各类山珍海味……五花八门的食材教人垂涎欲滴。然而，与吾藏光是想起荣江楼，脸上都会阴云密布。

---

① 日式榻榻米常用量词，一帖榻榻米的大小约为1.62平方米。

后厨的学徒制度阴险狠毒，无处说理。拳打脚踢是家常便饭，师兄的欺凌让他备受折磨。他曾闷闷不眠，苦苦思索自己为何遭人记恨，但也许根本就不存在什么理由。稻次和与吾藏的脾气秉性截然不同，却遭受了同样无情的对待。

唯一对与吾藏关怀体贴的，就是大他八岁的稻次。

这位师兄生性懦弱，别说是更上头的师兄了，连下头的师弟都瞧不起他，成天对他推推搡搡。想必这就是他沉迷赌博的原因。赌坊局头杀来店里讨债，荣江楼也将他轰了出去。强者将弱者踩在脚下，肆意欺凌，美其名曰"管教"。世道就是如此。

稻次走后，天生暴脾气的与吾藏变得越发暴戾。后厨里自不用说，在外头也是一言不合就抡拳头。有一次，他在街上跟一个目中无人的商人吵了起来，抬手便是一拳。谁知对方恰好是荣江楼的老主顾，就这么丢了饭碗。从那以后，与吾藏四处辗转。只要抛出荣江楼的名号，就不愁找不到地方落脚，但饭馆的后厨大同小异，每个地方都待不久。

"又捅娄子啦？真拿你这倔脾气没辙。"

稻次迎他进门，语气中全无责备，反倒像在安抚一个需要费时费力照顾的孩子。

每次换地方，与吾藏都会去四文屋坐坐。

本以为日子会一直这么过下去，奈何天有不测风云。三十出头的与吾藏发现稻次的脸色日渐难看，手脚也不如往日麻利了。

"哥，你怎么了？"

"哦，最近身子不太爽利……放心，没什么大碍。"

强颜欢笑，反衬出了事态的严重性。一个月后的隆冬，稻次终于还是病倒了。是心町的管事给与吾藏报的信。

"去年总算把账还清了……许是心头一松……"病榻上的稻次轻轻叹气，"你怎么来了，不用去店里？"

"辞了。"

"为了我？"

"那倒不是，本就打算在年前换家店做做。哪儿的后厨都是混账当道。"与吾藏咬牙切齿道。

"哦……"稻次喃喃道。他们都是孤家寡人。稻次病倒后一直都是与吾藏照顾着。眼看着他一天天瘦下去，仿佛太阳每次升起，都要削去几分血肉。

"与吾啊，接下这家店可好？"

一天晚上，稻次如此问道。"别说丧气话"——这句话都到嘴边了，却被平和的眼眸堵了回去。

"这地方还是不错的。偏僻归偏僻，但住上一阵子，就会发现待着还挺舒服。所以我才把四文屋开在了这儿。"

　　细细想来，那晚的稻次格外健谈。他向来和善，却也沉默寡言，甚至没跟与吾藏聊起过自己的身世。不过与吾藏也没几个能随口跟人提起的愉快话题。他在十三岁时进了荣江楼，那之前的记忆就只有继母的苛待和一门心思的反抗。稻次大概也是半斤八两。

　　"我的懦弱和你的要强，都与世道格格不入。而这里到处都是我们这种多余的人。他们在世间这个汪洋里呛了水，被海流冲了过来。虽然也有性格古怪、惹是生非的，但好歹不会仗着理所当然为难别人。"

　　与吾藏耳朵听着，心里却想着别的。稻次还不到四十，生命却已近终点。他厨艺过人，却是债台高筑，无妻无子，孤寡一生。

　　稻次唯一在人世间留下的，也许就是这间开在破旧后街大杂院的饭馆了。与吾藏悲从中来，心如刀绞。

　　"哥，你若不嫌弃，就让我来搭把手吧……反正我这阵子也没活干。你病好之前，店里没个厨子也不行啊。"

　　稻次许是读懂了弦外之音，气若游丝地回答道："多谢。"

　　从第二天起，与吾藏一手撑起了四文屋的生意，同时照看病榻上的稻次。

　　说实话，店里用的都是一些不上档次的食材。碎菜叶、胀得没了嚼劲的豆腐、小鱼和廉价的下等鱼……在他之前干活的店里，这些东西无异于残羹剩菜。

不过拿起菜刀后，他便品出了意料之外的乐趣。

看似毫无用处的下等食材，也能通过组合和调味化身为值得品尝的佳肴。在大饭馆的后厨干活，每一道菜都得按厨师长的要求来。但在四文屋，他得自个儿绞尽脑汁。指点他的并非稻次，而是来用餐的客人。

"这道煮糖豆稍微硬了点，稻次师傅做得更软些。"

"芝香凉拌豆腐尝着怪怪的，也说不上来哪里不对，但就是和稻次师傅的不一样。"

"哟，今天的芋头茎炖油豆腐别有一番风味啊，挺不错的。嗯，好吃！"

客人的一句"好吃"，竟能让人欣喜若狂。这是与吾藏前所未有的体验。

大饭馆的后厨与客席相距甚远。只要饭菜做得好吃，饭馆便能收获口碑，厨师却不会受到褒奖。但在客人比肩接踵的小饭馆里，客人的表情和反应都能看得一清二楚，做起菜来自是劲头十足。

"芋头茎的反响竟是这样好。今天配了油豆腐，下次换成香菇和胡萝卜试试……"

与吾藏在同一间大杂院里另租了一个房间，把稻次的病榻挪了过去，同吃同睡。天黑打烊后，他便会坐在稻次枕边，聊聊当天的菜单，说说每道菜做得怎样，客人们又给出了怎样的评语。

稻次从不挑毛拣刺，听得津津有味。那时的他连说话都吃力，一小碗稀粥都要喝上许久。

"我虽无血亲，却得了你这么个弟弟。谢谢你啊，与吾，谢谢你……"

翻来覆去的呢喃，成了稻次的遗言。那天夜半时分，他突然发起了高烧，两天后就悄无声息地咽下了最后一口气。

与吾藏来到四文屋也才一个半月。稻次是十二月二十日走的，终年三十九，终究还是没能熬到不惑之年。在与吾藏心里，稻次也是无可替代的兄长。年底那几天，与吾藏实在打不起精神。但过了元日，四文屋便重新开门迎客。

"我也知道你心里不好受，可能不能早些挂上门帘，开张做生意呀？"

"四文屋哪来门帘这么上档次的东西啊。哎，不会是打算就这么关门不做了吧？"

"稻次师傅走了，本也不好强求，不过你要是乐意，能不能接着开下去啊？光吃荞麦面啊，干活都使不出劲儿。别的饭馆卖得贵，味道也一般般。"

接连来店里探望的客人推了与吾藏一把。光阴似箭，岁月如梭。

"一晃都七年了……哥，这个年一过，我就追上你的年纪了。"

与吾藏望着浅浅的积雪，呼出一口同是白色的气。

他在脑海的角落里琢磨着，再过半个月，就是稻次的忌日了。

正卯的钟声响起，离日出还有一刻钟。与吾藏每天听着钟声起床，做菜煮饭。虽然没有门帘，但用早饭的时间一到，客人们自会上门。

四文屋的客人多是江户最不缺的单身汉。冬天的客人比夏天多，因为有不少农民趁着农闲进城打工。干的都是力气活，晚上就和三四个老乡在大杂院找一个小房间凑合。心町房租便宜，正合其意。他们如候鸟一般，年复一年来到这里。其他顾客也是短工居多，在四文屋享用的早晚两餐便是最大的盼头。早晚配菜一样也是常事，最美味的终究还是现煮的米饭。只有米饭和汤是每天煮两回的，早晚各一。

所以四文屋只做早晚的生意，中午的时间则用来进货。如此安排还有一个好处。

与吾藏出门采购食材的时间，恰好是附近的驹込浅嘉町早市收摊的时间，能用实惠的价格买到剩下的蔬菜和下脚料。顺便再逛逛鱼铺和干货店，进一些货备着。

背着竹篓出门，先不进浅嘉町，而是去白山神社拜一拜。然后原路返回去集市，再去隔壁的肴町买鱼。这一带有很多舂米店、杂粮店和味噌酱油店，食材应有尽有。

唯独豆腐要去根津门前町买，那边有家特别便宜的豆腐店，许是因为大豆品质差，卖的还是隔夜货。照理说，豆腐店本该天不亮就起床赶制，在早晨的饭点之前开门，如今这样的店家却是与日俱增。虽说便宜没好货，但对四文屋而言却是难能可贵的货源。

与吾藏会把店里卖剩下的统统收走，分量因日而异。收得多了，以至于小菜道道是豆腐也是常有的事。大饭馆偶尔也用嫩豆腐，但江户街头卖的基本都是老豆腐。可以切成长条，做成神似乌冬面的八杯豆腐[①]；也可沥去水分，用酒和酱油煮成豆腐干；还能用油炸成米雪豆腐。

米雪豆腐的做法是在大饭馆学的。顾名思义，最后的成品形似球形的冰粒。将切成丁的豆腐摊在笸箩上浸入水中，水要淹过豆腐的下半截。然后轻轻摇晃，磨去边角，便成了球形。笸箩上每次只能放十来块豆腐，同样的工序要重复几十次，非常费时费力。不过四文屋都是豆腐丁直接下油锅。倒不是懒得费事，而是舍不得豆腐的边角。

---

① 豆腐切成宽面状，六杯水、一杯酒、一杯酱油（共八杯）调成汤汁。

那日，与吾藏照常去鱼铺和集市转了转，回店里卸了货。稍微喘了喘气，便又抄起筐箩出了门。

采购豆腐之前先进根津神社也成了例行公事。

每日特意前往白山与根津这两座神社祈祷，是稻次在世时便养成的习惯。只求稻次早日康复，盼着他多活一天是一天。谁知才一个半月的工夫，稻次便撒手人寰，所以与吾藏也不知道神明有没有听到这份祈愿。不过在人生的最后时光，稻次总是一脸幸福地听与吾藏讲述店里的饭菜和顾客。每每回忆起那张脸，与吾藏便有稻次确实得了神佛庇佑之感。

自那时起，他每次出门进货，都会进神社拜上一拜。七年过去了，仍是雷打不动。

快到神社后门时，他也如往常一样打了声招呼：

"榆老爹，大冷天的辛苦了。别感冒了啊。"

坐在榆树下的老人并没有回答，连头都没动一下。即便如此，与吾藏每次路过都会问候一声，因为稻次生前很关心榆老爹，常去六兵卫大杂院后面的堆房探望送饭。

与吾藏虽不及稻次勤快，但偶尔也会给老爷子送些剩饭。

"雪是停了，但天还是凉啊。今晚我送些热汤过去吧。"

路过榆老爹跟前时，与吾藏如此承诺，随即钻进后门。正要和往常一样走向大殿，却突然停下了脚步。

因为有轻微的歌声传入耳中。

起个头来玩玩看，玩玩看，
看遍今世眉眼美，眉眼美，
美浓近江两国交，两国交，
交错胳膊做头枕，做头枕，
枕边花看飞鸟山，飞鸟山……①

女人的身影顿时浮现在脑海中。那是他很久以前便已抛下的人。

明明是他抛下的，却在心田的角落挥之不去。

与吾藏不禁环顾四周，寻找声音的来处。

像是来自大殿对面的山边。这一带坡道多，院落西侧也有一段略略高起的斜坡。与其说是山，倒不如说是土丘。到了立夏，土丘的南半边便会开满雾岛杜鹃，是江户府内首屈一指的赏花胜地。北半边却是冷冷清清，唯有几座佛堂点缀其间。

雪是停了，但空气仍旧冰凉。银装素裹中，忽而亮起

---

① 原文为词组谐音接龙，上一句的最后几个音节为下一句的开头。考虑到语意和节奏感，此处处理成前一句的最后一个字为下一句的第一个字。——译者注

一个红点。

土丘半腰处有一座佛堂。通往佛堂的石阶上，分明有一个小女孩。

"……起个头来玩玩看，玩玩看，看遍今世眉眼美，眉眼美，美浓近江两国交……"

小女孩又唱了一遍，唱到"飞鸟山"便绕回"起个头"，反反复复。记忆中的女人也吟唱着同样的歌谣。

阿类——！

与吾藏原路返回，冲到石阶下。

"喂！你刚才唱的那首歌，是从哪儿学来的？"

这一问实在突兀，嗓门也着实大了些。石阶半腰上的红衣女孩明显吓了一跳。

与吾藏的身材在厨师里算是相当魁梧的了，面相也不甚和蔼。孩子见了他就躲，他也不擅长跟孩子打交道，平日里绝不会主动上前搭话，但有件事他非要找那女孩问个清楚。

"对不住啊，吓着你了。叔叔也会唱那首歌，听着很是怀念……"

俯视着他的那张小脸蛋上写满惧怕，看着六七岁。与吾藏拼命解释：

"不骗你，叔叔真会唱……起个头来玩玩看，玩玩看，看遍今世眉眼美……"

唱歌着实不是他的强项。跑调就跑调吧，本想硬着头皮唱到"飞鸟山"，谁知才唱到一半，女孩便大笑起来：

"叔叔，你唱得可真难听呀。"

"要你管！"

与吾藏在石阶下爆吼一声，女孩哈哈一笑。片刻前的畏惧早已烟消云散。

"叔叔找你打听个事儿行吗？"

规规矩矩征得女孩的同意，与吾藏登上石阶，拂去一层薄雪，往她身边一坐。

"小姑娘，这首歌是谁教你的？"

"我娘。"

心脏顿时怦怦直跳。明明是隆冬，却有种下一秒就要冒汗的错觉。

"你娘……莫不是叫阿类？"

"不是呀。"

女孩毫不犹豫地摇了摇童花头。

"哦，不是啊……也对，哪有这么巧的。"

一反常态的激动与高涨的期待，被这么一句话生生戳破。

"叔叔，你没事吧？"

"嗯，不碍事，就是累着了。"

女孩一脸好奇地打量着明显比片刻前垂头丧气的与

吾藏。

"这首歌叫'起头歌'。"

"……这么说起来，我听说的也是这个名字。"

"谁告诉你的呀？"

"一个……老熟人。"

童言无忌，在胸口勾起了另一种疼痛。

如今回想起来，都是自己造的孽。他在颠沛流离时认识了阿类。两人一拍即合，性情相投。与她在一起时，心里总是格外宁静。

他在一家叫"今木"的饭馆干过半年，阿类则是店里的女侍。不过两人是在与吾藏请辞后才亲密起来的，这种关系持续了约莫三年。他也不是没有过别的女人，但这是最久的一段。

容颜再次掠过眼前，但记忆中的阿类泪流满面。那是分别时的一幕。

与吾藏冲女人大吼大叫，痛骂一番，然后撂下哭成泪人的她扬长而去——那便是他们见的最后一面。

不久后，稻次病倒的消息传来。与吾藏为了照顾病人搬去了心町。在稻次走后重新开张时，他忽然想起了阿类。

无论如何，都是他负了阿类。好歹道一声不是吧……找去她上工的地方，人却已经不在了。

铸成大错，无可挽回——自那时起，与吾藏的心一直隐隐作痛，仿佛长了一根总也愈合不了的倒刺。在四文屋安顿下来，渐渐习惯平静的生活后，疼痛竟莫名加剧了。

如果当时没有大发雷霆，对阿类多些体贴，把她留在身边，也许现在就是和和美美的一家三口——

那时，阿类已有了身孕。

阿类说孩子是他的，可他不信。

"想把外头的野种塞给我？这么个累赘，还不赶紧去堕了！"

脑海中回响起自己对阿类说的最后一句混账话，与吾藏不禁双手抱头。

"怎么啦？头疼吗？"

回过神来才发现，女孩正忧心忡忡地盯着他。宽宽的额头，上翘的单眼皮。唯有暴露在寒风中的脸颊是红彤彤的。

她若把孩子生了下来，差不多也是这个年纪吧？一反常态的感伤涌上心头，汇成一个问题。

"你几岁了？"

"七岁。"

"叫什么名字？"

"娘说了，名字不可以随随便便告诉陌生人。"

"哦，也是，你娘说得对。"

得到了与吾藏的肯定，女孩略显骄傲。

"你在这儿做什么呢？"

"等我娘，她得出门干活。"

"每天都在这儿等吗？"

与吾藏边问边纳闷：直到昨天，他都没见过这小女孩。莫非是神社地方大，小女孩在各处玩耍，所以才没看见？还是说人家一直都在，只是自己未曾注意？

"在这儿坐久了会着凉的，在家里等不是更好？"

"我讨厌待在家里……"

女孩眉头一皱，嘴角一撇。也不知有何隐情，但与吾藏显然问了不该问的。他起身道：

"对不住啊，拉着你问这问那。叔叔也该走了，谢谢你唱歌给叔叔听。"

他拿起筐箩，走下石阶。回头一看，女孩正目送他远去，显得有些无聊。

"今天怎么才来啊，没剩多少了。"

赶到常去的豆腐店时，看店的老婆婆神情不悦。

"怎么啦，与吾师傅，发什么呆呢？"

与吾藏回过神来，只见坐在木地板尽头的管事满面忧色。

"我看你端着碗愣了好一会儿，莫不是有什么烦心事？"

心町的管事茂十是四文屋的常客，几乎每天早晚都来。

稻次病倒的时候，也是他通知了与吾藏。给稻次办守灵会和葬礼的时候，还有接手四文屋的时候，他也帮着处理了不少麻烦事。

"今天的特色菜是什么呀？"

"哦，有鲔鱼①。"

"鲔鱼本就坏得快，被你端了这么半晌，怕是都焐热了吧？"

"腌过了，不碍事。"

小碟放上托盘，配上米饭和汤，再加上些许炖得鲜咸的海带，送到管事边上。店里最忙的时候莫过于黄昏。此刻太阳已经落山，四帖半的木板间没有别的客人。也许是为了避开高峰，茂十总是这个钟点来。

"哟，味道不错！这道腌鲔鱼的姜味够劲的啊！"

"毕竟是下等鱼，冬日里也不敢疏忽大意。姜能消毒，还暖胃呢。"

鲔鱼极易变质，因此被视为下等鱼，只能在廉价饭馆和后街大杂院的餐桌上见着。

---

① 即金枪鱼。

"没想到鲔鱼能做得这般美味。哎呀，还好你接下了这家店。我是打从心底里庆幸。"

茂十一口鱼一口饭，一脸幸福地喝着花蚬汤。顾客们心满意足的表情，便是对与吾藏最大的褒奖。他不由得松了口气，在水槽边洗碗筷时竟一反常态地哼起了小曲。正是今天中午遇到的小女孩唱的"起头歌"。

默默吃了一会儿的茂十放下筷子，道了声"多谢款待"，然后又道：

"你哼的是双关接龙歌吧？"

"双关？什么双关？"

"我记得那本书叫……啊对，叫《当世风流地口须天宝》。"

"呃，我是听也没听过……还当是拍球歌呢。"

与吾藏识得几个字，勉强会拨算盘，正经学问却是一窍不通。他忙问那书是讲什么的，管事告诉他，书已有些年头了，介绍的是各种文字游戏。

"谁写的我倒忘了，但书里的'接龙篇'确实有你刚才哼的那几句话。"

据说那本是源自上方[1]的一种文字游戏，称"口合段段"。寻常接龙只取上一句话的最后一字，"口合段段"

---

[1]　即关西京阪地区。

则可用音近义异的词组串联。后来这些词句传到江户，还有行家出版了相关书籍。

"您的意思是……这首歌也是用音近义异的词组串起来的？"

"没错。你能再唱一遍吗？我实在记不清了。"

与吾藏立刻照办，再次哼起中午听到的歌谣。

起个头来玩玩看，玩玩看，
看遍今世眉眼美，眉眼美，
美浓近江两国交，两国交，
交错胳膊做头枕，做头枕，
枕边花看飞鸟山，飞鸟山……

"今世就是当今、眼下的意思吧。美浓近江是邻国，国界交错。枕边花就是樱花。"

"啊！难怪后面提到了飞鸟山！"

与吾藏拍了拍手，恍然大悟。飞鸟山是著名的赏樱胜地。

"再后面的我也想不起来了，好像还提到了幡随院和升官图什么的。"

"后头还有呢？"

"都能出书了，还是挺长的。话说我只在书里读到过，用耳朵听还是头一回。没想到竟有人配了调子改成了歌谣。"

"调子……"

细想起来，与吾藏记着的是调子，而非歌词。女孩的歌谣和阿类多年前唱给他听的有着一模一样的曲调。所以他一听到，就清晰地回想起了阿类的身姿。如果那不是拍球歌或流行歌曲，岂不是——

"有心事？"

管事的声音将与吾藏拽回现实，他回以模棱两可的苦笑。

"看样子不是什么坏事。心里有点疙瘩也好，尤其是单身汉。这疙瘩啊，好歹能为索然无味的日子增添些趣味。"

管事围上围脖，道了声"多谢款待"，走出店门。

刚才那番话，似有弦外之音。难道是他多心不成？

第二天，与吾藏又拿着笸箩去了根津神社。

明媚阳光烤化了雪，路上泥泞不堪，很是难走。进货路上花了不少时间，所以去得比平时要晚。

走到大殿后面，仰望石阶，却没看到小女孩的身影。

他察觉到了心底的失望。

顺着那孩子和她的母亲查下去，兴许能寻着阿类——

阿类就喜欢给词句胡乱配上调子，反复哼唱。

当年他们都是住店佣工，所以时常约好日子在外碰面。有时去茶屋，有时去鳗鱼饭馆的包厢，还去过港口的船员旅馆。温存后穿衣梳妆时，她总是低声哼唱。

"笋羹、鱼干、鲣鱼雏子烧^①、素香鱼、酱菜寿司、利休蛋^②……"

"唱什么呢？"

"今天店里的菜单。编成曲子更好记。"

她梳着头发，回过头来，调皮地笑了笑。有时是菜名，有时则是俳句，许是店里开了俳句会。调子都是即兴创作，只哼一次的也不在少数，却唯独对这首"起头歌"情有独钟，哼了一遍又一遍。与吾藏没明确问过，但那十有八九也是阿类编的，调子很是相似。

女孩说，那首歌是她娘教的。那她娘又是跟谁学的呢？

与吾藏许是站在原地发了一会儿呆，腰间忽然被人轻轻一拍，把他吓得不轻。回头望去，昨天的女孩就站在眼前。

"这是作甚，吓死人了。"

---

① 用酱油、甜料酒、日本酒等调制的酱汁脆肉（可用鸡肉或鱼肉）再上火烤。
② 加了白芝麻碎末的蒸鸡蛋。

"谁吓你啦，都叫过好几声了，你却不理不睬的，跟稻荷神社的狐狸似的一动不动，我还当你变成石头了呢。"

"叔叔的脸哪有那么尖。"

"哈哈哈……"女孩许是听懂了他的玩笑，欢笑起来。孩子的笑容最是养眼。昨日的感伤再度涌上心头。

不知阿类的孩子怎么样了。一个无依无靠的女人，怎么可能养得了孩子。至少阿类绝没有那般坚强。可以吃落胎药，也可以找靠不住的堕胎大夫。如果阿类选择了放弃，那个孩子便不可能降临在这个世界。

可与吾藏就是忍不住要把那个无望出生的孩子叠加在眼前的女孩身上。皆是歌谣使然。

"哎，再给叔叔唱一遍昨天那首歌吧？"

"好呀。"

女孩欣然答应，唱了起来。无论听多少遍，都是那熟悉的曲调。在安宁中渐渐生锈的心被歌声撼动，勾起苦辣酸甜的往昔。

当年让她生下那个孩子该有多好……与吾藏追悔莫及。脑海中浮现出阿类和孩子身在熟悉的四文屋，一家三口其乐融融的幻象。可惜那终究是虚梦一场。

当年的他烦透了世间的一切，全然没有成家的想法。苦涩的回忆，打断了重复过无数次的借口。

某日约定的时间已过，阿类却迟迟没有现身。与吾藏找去"今木"一看，发现她竟和掌柜在店门口说话，表情也分外严肃，顿时就火冒三丈。她可从没在自己面前露出过这样的神情。莫不是在找那掌柜出主意？掌柜生得英俊，颇受女侍们的欢迎。

与吾藏气得掉头就走。后来阿类为爽约道歉时，只说有位客人在店里晕倒了，闹得鸡飞狗跳，压根儿没提到掌柜。那时结下的疙瘩，在得知阿类有了身孕时彻底爆发。

怪不得别人。只怪自己疑神疑鬼，小肚鸡肠。直到多年过去，与吾藏才大彻大悟。许是为了弥补当年的罪过，女孩唱完以后，他笑着说道：

"知道这几句歌词是什么意思吗？"

"不知道哎，快告诉我！"

女孩比料想的还要起劲，反倒让他不知所措。

"叔叔也是昨天刚听人说的。'今世'就是……呃，是什么来着？"

写满期待的眸子，催着与吾藏现学现卖地解释了一番。

"哦……原来枕边花就是樱花呀！"

解释得磕磕巴巴，女孩却似干沙吸水一般一点就通。与吾藏自不用论，阿类也不善读写，不然又何必把菜单编成歌谣。

果然是认错了人……显而易见的结论，令他大感失落。

"哎哟，叔叔该走了，不然又要被豆腐店的老太婆臭骂一顿了。"

"这就要走了啊？"

女孩噘起嘴道，满脸不爽。变化多端的表情瞧着也格外有趣。

"叔叔回来的时候也会路过神社，要不你就在这儿等会儿吧。"

与吾藏捧着笸箩，匆匆赶往豆腐店。回程路上，他顺道去了一趟糕点铺。走到神社后门的小路时，只见女孩还规规矩矩地等着。

"给，拿去吃吧，还热着呢。"

与吾藏递上刚出笼的包子。女孩的双眸迸发喜悦的光芒，却随即蒙上警惕的神色。

"娘说了，陌生人给的东西拿不得。"

"是了，你娘说的得好好记着。千万不能跟陌生人乱跑，万一被拐走了可不得了。"

"叔叔，你不也是陌生人嘛。"

"话是这么说……叔叔叫与吾藏。"

他告诉女孩，自己是饭馆的老板。饭馆名叫"四文屋"，位于千驮木的心町。

"我叫由佳。"

"哎，怎么能随随便便报名字呢。万一叔叔是拐子可怎么办？"

"叔叔，你是拐子吗？"

"当然不是了，叔叔就是让你小心点儿。"

"莫名其妙。"

由佳气呼呼地鼓起腮帮。与吾藏也觉得自己方才的说教有些前言不搭后语，不禁笑了起来。

"这是谢礼，谢谢你刚才唱歌给叔叔听，尽管吃吧。"

解释清楚之后，由佳似是松了一口气，接过包子。光是看着她津津有味嚼着包子的模样，心里都暖洋洋的。这种感觉和四文屋的客人带给他的很像，却又有所不同，伴随着些许磨蹭心头的苦闷。

"由佳，叔叔明天会早些过来，咱们一起玩吧。鬼抓人、捉迷藏……玩什么随你挑。"

由佳含着包子，连连点头。

"那我起头啦。芋头茎！"

"上来就这么难……呃，呃……"

"与吾叔叔，真拿你没办法。那就许你多一个字吧。"

"有了，唐薯！"①

"唐薯是什么呀？"

与吾藏告诉她，"唐薯"是甘薯的别名。"这样啊……"由佳听得两眼放光。在这个小姑娘心里，学新词大概就是天底下最有趣的游戏。

一眨眼，十来天过去了。从那天起，与吾藏每日都去根津神社的石阶见由佳。只是由佳拉着他玩的游戏着实教人头疼。她不想玩鬼抓人，也不想玩捉迷藏，而是一门心思玩接龙。

据说在神社等母亲的时候，她总是一个人玩接龙。好容易找到了搭子，她自是欣喜若狂。只可惜与吾藏胸无点墨。近四十年的"存货"，愣是敌不过一个年仅七岁的孩童。

由佳总是用同一个假名起头。狗、黄鼠狼、壹、池塘、石头、清泉、山顶、井字形、现在、十六夜②……每天都不重样。与吾藏做梦也没想到，世上竟有这么多"い"开头的词。

由佳对语言的感知敏锐得可怕。与吾藏自己可没有这

①　"芋头茎"的日语假名为いもがら，读音同"Yi Mo Ga Ra"，"唐薯"的日语假名为"からいも"，读音同"Ka Ra Yi Mo"。日语中以"Ra"开头的词语较少，所以难倒了与吾藏。
②　在日语中，这些词语的首个平假名均为"い"，读音同"Yi"。

样的天赋，不禁暗暗惊叹。

"你都七岁了，怎么不去上学呢？过了年就八岁了，照理说都算晚了。学堂里有的是陪你玩接龙的伴儿。"

"伯母说，女孩子用不着上学……"

近半个月来，与吾藏对由佳的境遇也有了些了解。

由佳是遗腹子。母亲把孩子托付给远亲照顾，自己做住店女侍挣钱。可远亲终究是远亲，家里人都视由佳为累赘。由佳聪明伶俐，对此心知肚明。根津神社成了她唯一的容身之地。她总是自娱自乐，时而在宽广的院落各处观察前来参拜的游客，时而追猫逗狗。那日坐在后门附近的石阶上纯属巧合。

与吾藏不是一个称职的接龙搭子，但有个人陪自己说说话，由佳大概就心满意足了。眼看着她对一个陌生人如此亲近，与吾藏是既担心又心疼。

"你娘还是不见人？"

接龙总是以与吾藏的投降告终。由佳又说了一个"ら"结尾的词，他便痛快地认了输，如此问道。

"嗯……平时都是十天来一回的。"

由佳小小年纪能说会道，平日里神气十足。可说起许久未见的母亲时，心底的寂寞还是老老实实写在了脸上。

"年底是饭馆生意最好的时候，你娘肯定是忙得脱不开身了。"

由佳的母亲也在饭馆当女侍——对与吾藏而言，这是天大的好消息，令他心中燃起一丝希望。也许由佳的母亲跟阿类在同一家店待过。本想立马问个清楚，可惜由佳报不出店名，也不知店在何处。

"娘每次过来看我再回店里的时候，都会经过神社里的这条路。我等在这儿，就能早些见着娘了。"

与吾藏便陪着由佳耐心等待那位有望带来阿类音信的母亲。

话虽如此，他也只能利用往返豆腐店的机会在神社待上半个时辰，不一定能刚好碰上。于是他便让由佳帮忙带个话：

"由佳啊，等你娘来了，帮叔叔问一问那首歌是谁教她的，再问问她认不认得一个叫阿类的女侍。"

"知道啦，耳朵都听出老茧了。"

由佳皱起眉头，一脸的不耐烦，不过她向与吾藏保证，一定把话带到。

"那就明天见啦，与吾叔叔。"

"真不巧，叔叔明天来不了了。十二月二十日是我大哥的忌日。"

稻次去世已有七个年头。七周年法事在去年便已办妥，今年只需扫个墓，再请僧人诵经即可。稻次还在时就经常光顾四文屋的熟客和管事茂十也会同去。

"哦……"由佳难掩失落，肩膀一垂。那惋惜的神情看得与吾藏心里痒痒的，喜形于色。

许是两人并肩聊天时像极了父女，常有路人和寺中男仆笑眯眯地感叹：

"你们爷俩可真要好。"

"小姑娘跟爹爹形影不离呀。"

他生怕由佳难过，便道："这样吧，叔叔后天做些煎蛋卷来。吃过煎蛋卷吗？"

"没吃过！好吃吗？"

"可好吃了，甜得下巴都要掉下来。"

"哇！"由佳张开上臂欢呼道。四文屋每年都在稻次的忌日停业一天，但饭菜照做不误，用来招待茂十和其他前来悼念的客人。豆腐也不用过了夜的碎渣，而是专门去白山神社门前町买四角完好无缺的上等货。

用昂贵的鸡蛋和糖烹制的煎蛋卷也是每年必做的一道菜。

"那叔叔先走了。"与吾藏和由佳约好后天见面的时间，正要起身离去，却听见由佳一声惊呼：

"啊！是我娘！我娘回来了！"

她连滚带爬地冲下石阶，沿着神社后面的步道一溜烟地往南跑。其实离得很远，但孩子还是一眼认出了朝思暮想的母亲。只见她一把抱住一个身着红褐色棉衣的女人。

对方也惊呼出声，原地蹲下，紧紧搂住小女儿。

与吾藏本无意打扰久别重逢的母女，但还是看了她们好一会儿。因为此刻的由佳是那样天真无邪，那样兴高采烈。平日里的她分外老成，许是故作坚强。只有在母亲面前，她才能重拾与年龄相符的模样，声音和动作都洋溢着兴奋。

由佳至少有半个月没见到母亲了。她连珠炮似的说着什么，似是想弥补多日未见的遗憾。忽然，由佳转过身来，指了指与吾藏。

母亲顺着女儿的手指抬起头来。

好奇妙的感觉。两人相距甚远，目光本无法交汇，也无法看清彼此的面容，却怀着同样的思绪，互相凝视。

先摇摇晃晃迈出一步的是与吾藏。每踩一步，时光便倒流一分。终于看清了那位母亲的表情。她的面容静止不动，仿佛冻住了一般，与吾藏却能真真切切地感受她内心的震颤。

"阿类……"

"与吾哥……"

旁的竟是一句也说不出口。这是何等意外的重逢。是由佳重新推动了凝滞的时间。

"我娘明明叫阿莲啊，不是阿类。"

"怎么回事？你改名了？"

嗓子干得冒烟，难以出声。他哑着嗓子问道。

"阿类是在店里用的名字，阿莲才是真名。'今木'不是还有个阿莲吗？"

"啊！那可恶的女侍领班！"

店里有两个同名的人容易混淆。阿类说，当年是女侍领班让她改名的。

"因为你看莲姐不顺眼，我就没好意思告诉你真名。"

"那我就改口叫阿莲吧……嗯……总觉得不对味儿。说实话，我一听到这个名字就忍不住想起那老妖婆。"

见与吾藏是真的发了愁，阿类忍俊不禁。略显紧绷的表情迅速舒展开来。

"与吾哥，你一点儿都没变。"

阿类欣喜的语气让与吾藏心潮澎湃，仿佛干涸已久的心田瞬间被雪水灌满。

"照旧叫我阿类吧。我在店里也还用着这个名字。"

据说离开"今木"后，她找了另一家饭馆做女侍。

"那就这么办吧。呃，这都不要紧，得先跟你道个不是。你肯定嫌晚……其实我一直都惦记着……"

"与吾哥，先别说了……"

她略略用力地瞪了他一眼，微微摇头。道歉的终点，便是这个孩子。那终究不是能当着由佳的面随随便便谈论的事。

天真无邪的声音打破了大人们的沉默。

"娘跟与吾叔叔早就认识呀？"

"是啊，由佳，叔叔跟娘在同一家饭馆待过的。"
阿类当即换上欢快的语气。

"原来是这样啊！啊，还没把叔叔的口信带到
呢——"

见由佳正要规规矩矩地履行承诺，与吾藏顿时就慌
了神。

"叔叔要打听娘教我的'起头歌'，还在找一个叫
阿类的女侍……咦？阿类不就是娘吗？那叔叔在找的不
就是……"

"傻孩子！别多嘴！"

"不是你让我带的口信嘛！"

"哎哟喂，都这么要好啦。"

阿类看着两人跟平时一样无拘无束地斗嘴，笑眯了
眼。在与吾藏看来，她的一颦一笑都那般光彩夺目。他们
都老了七岁。阿类比与吾藏小四岁，应是三十有四。年岁
虽长，看着却比当年更美丽动人了。

阿类本是一个为人和善，但胆小客气的女人。许是带
着由佳的缘故，为人母的她将满腔的慈爱都倾注在了孩子
身上。这份自负化作自信，灌满了她的心田。

"我在千驮木安了家，一个人开着家小饭馆。不过地段偏僻了些，也没什么好炫耀的。"

阿类和与吾藏在一起三年，自然是知道稻次的。听闻明天是稻次的忌日，她由衷致哀，同时也为与吾藏能接手稻次的饭馆而欢喜。

"要不改天带由佳来坐坐？不急，过了年也行。"

"我想去！好不好嘛，娘！"

女儿兴致勃勃，阿类却面露难色，吞吞吐吐。

想起当年的一桩桩一件件，阿类心存怨恨也理所当然。事到如今还想重归于好，未免也太天真了。

也许她早已将与吾藏抛诸脑后，说不定都找到好归宿了。即便如此，他还是忍不住说道：

"我碰巧在这儿遇到了由佳，一来二去就混熟了。"

"嗯，我听她说了。这孩子好像挺亲你的。"

"所以……为由佳做什么我都心甘情愿。当然，我惦记着的不光她一个……还有她娘。有什么需要尽管跟我说。"

"与吾哥……谢谢你。"

阿类莞尔一笑。眼角微微下弯的笑容一如往昔。

"哟，老板，心情不错嘛。"

与吾藏近日一反常态，不时哼唱走调的曲子，客人们大感不解。有人一面眼跳心惊，一面用调侃的语气问道：

"怕不是在根津的花街找了个相好？"

"不是花街，是神社。"

"神社里哪来的姑娘啊，不会是尼姑吧？"

一句玩笑话引得其他客人哄堂大笑。无须客人提醒，与吾藏也能感觉到自己这几日简直是飘飘欲仙。

稻次的忌日过后，他转天便带着煎蛋卷去了根津神社。

"我就没吃过这么好吃的东西！三四个下巴都要掉下来了！"

由佳的喜悦超乎想象。他们仍是每天都约在神社碰头。每日与由佳共度的半个时辰，已成与吾藏活着的盼头。

"叔叔能当我爹就好了⋯⋯"

由佳时常有感而发，引得他抿嘴微笑。

四文屋里，一家三口其乐融融——美梦不断膨胀。

年底是女侍们最忙碌的时候，但元日好歹能歇上一歇。与吾藏通过由佳，问阿类愿不愿意和他一起去神社参拜。称心如意的答复，令他喜上眉梢。

"起个头吧⋯⋯"

他打算在元日开口求亲。要想开启一段新生活，还有比这更合适的时机吗？

谁知，美梦竟如豆腐般脆弱易碎。

除夕夜，阿类毫无预兆地来到了四文屋。

"亏你能找来……这地方可不好找，肯定费了不少工夫吧。"

阿类回答道，进了千驮木后，她找了好几个人问路。

恰是黄昏时分，所幸四文屋今明两日都闭门谢客。

明天便是元日。去过神社之后，与吾藏本打算请阿类和由佳来四文屋做客，做些烩年糕招待她们。他白天去采购了年糕和鱼糕，还为由佳买了鸡蛋和糖。

阿类提前一日来访令他颇感惊讶，却也是求之不得。傍晚下起的雪微微打湿了女人的发丝与肩膀。今年冬天的雪格外多。

"真冷啊……给你温壶酒？"

"好。"

阿类幽幽道。还记得她酒量不好，但热酒最是暖身。

四文屋虽是饭馆，但也应客人们的要求备了一些廉价酒水。清酒倒入两合①酒壶，浸入热水。大饭馆有专人负责温酒，所以控制火候的手艺也是在四文屋摸索出来的。店里没有考究的酒杯，于是他便把温好的酒倒进小茶杯递

----

① 日本常用容积单位，1合约为180毫升。

了过去。

阿类道了谢，抿了一口，长吁一口气。她就这么一口一口地喝着，眼看着酒都见了底，却仍是一言不发。

"怎么了，绷着个脸……我是不是不该约你们娘俩去参拜啊？"

阿类没有回答，只是低头盯着与吾藏倒的第二杯酒。

"对了，还没正式跟你道歉呢。当年是我对不住你……害苦了你和由佳。"

"我要说的不是这个……"

"我也知道现在说什么都晚了，你恨我入骨也是我活该。"

"与吾哥，你怎么就不明白呢……"

阿类纤细的胳膊伸向与吾藏，他顺势坐在木地板上。

"当年就你待我最好了。你一直护着我，不让领班莲姐欺负我，每次见面都会嘘寒问暖……"

"还不是因为那老太婆一肚子坏水……看着你被她们推推搡搡，我就想起了稻次大哥……"

与吾藏本以为，怯懦的稻次和脆弱的阿类都是自己必须保护的人。稻次走后，与吾藏才意识到自己才是被护着的那一个。他是那么窝囊，他俩却都指望着他，依靠着他。多亏了他们，与吾藏才能勉强站稳脚跟。稻次把店留给他，想必也是出于同样的原因。稻次应是希望自己走后，这家店能撑着与吾藏继续走下去。

若他当年留在阿类身边，由佳定会成为他的精神支柱。

"唯独那一回，你跟变了个人似的大发雷霆。我还当你是嫌孩子麻烦逃走了呢。"

这是阿类头一回口出怨言。比起那些气话，与吾藏就此不知所踪与音讯全无，对她造成了的打击更大。

他确实是"逃"了。以稻次身体不好为借口，抛下了身怀六甲的阿类。那时她该有多无助啊……事到如今，懊悔沉甸甸地压在心头，压得与吾藏不禁垂首。

"对不住，阿类……都怪我。"

他翻来覆去地道歉，然后提心吊胆地问道：

"阿类，求你了，给我个机会从头来过吧？我保证，定会好生照顾你和由佳，弥补当年的过错，所以……"

他怀着满腔真心，用双手紧紧握住了女人的手。然而，阿类的手冰冷如初。她轻轻挣脱男人的手掌，似是抵触对方的热情。

"我今天来不是为了说这些，而是想跟你说清楚由佳的事……"

"由佳怎么了？"

问出口时，便已有了隐约的猜测。怕什么来什么——

好不容易见到了寻觅已久的人，平静生活中的寂寞终得宽慰，与由佳的闲聊更是乐不可言，以至于他一直在刻意回避这个问题。

"由佳她……不是你的孩子……"

"……哦。"

与吾藏好不容易才挤出这么一个字来，膨胀到极点的期待碎了一地。

阿类斜眼瞥着瘫坐在地、呆若木鸡的与吾藏，给自己斟了一杯酒，一口饮尽，然后说道：

"由佳……是个弃儿。"

啊？与吾藏抬起头来看着阿类。与其说是"悲伤"，她侧脸上的神情更像是"遗憾"。

"当年她被人遗弃在浅草寺。是我领养了她，将她抚养长大。所以她与你我二人都没有血缘关系……"

仿佛前脚刚遭了当头一棒，后脚便有人告诉他"那都是梦"。每一分后悔与嫉妒，原来都是他自作多情，恰似虚梦一场。

"那……当年肚子里的孩子……"

阿类告诉他，孩子早产了，出生第五天便不幸夭折。泪水第一次划过她的脸庞。

"孩子没了，奶水却渗个不停……十天过去了，二十天过去了，止也止不住……就在这时，我听说庙里有个弃婴……"

她按捺不住，提出要领养这个孩子。官府有权干预弃儿的去向，若是安排不当，寺庙与当地的父母官都要受罚。照理说只有夫妇才有资格领养，所幸阿类有强大的后盾——

今木这家店深受文人墨客的青睐。某商贾人家的老太爷和老夫人时常结伴参加在今木举办的俳句集会。老夫人通晓和歌与俳句，且夫妇二人对阿类很是照顾。当年与吾藏走后，阿类决定独自生下孩子，也是多亏这对夫妇多方援助。

"莫非那首'起头歌'也是……"

"嗯……"阿类点了点头。词是老夫人教的，调子则是阿类自己配的。两位老人家都很中意那首歌，阿类为他们演唱过好几回。

表面上由佳成了这对夫妇的养女，实则由阿类细心抚养。

阿类在显怀时离开了今木，后来另找了一家饭馆工作，由佳平日里便托老人家帮忙照看。也正是多亏了他们，由佳才会对词语如此敏感。

天有不测风云，由佳四岁时，老夫人撒手人寰，老太爷日渐痴傻。继承家业的儿子将母女俩赶了出去，不愿再和她们有任何瓜葛。

阿类和与吾藏一样孤苦伶仃，无依无靠。无奈之下，她只得把由佳托付给鲜有往来的远房亲戚照顾。

"我本想瞒着你的。亲戚们都不知道，由佳自己也一无所知。事到如今，我早就当她是亲骨肉了……"

由佳对母亲的依恋足以证明一切。

"所以我本不想告诉你的。你好像误会了，对由佳百般疼爱，她也那么亲你……"

阿类把茶杯放在膝头，落寞地笑了笑。

"我开始痴心妄想……只要把这件事瞒死了，就能跟你、由佳过上开开心心的小日子……"

我们竟做了同一个梦——与吾藏顿觉心头一紧，喘不过气。

"那怎么又改了主意？"

"因为我觉得，纸里包不住火……毕竟由佳既不像我，也不像你啊。"

阿类破涕为笑，今晚初次和与吾藏对视。

"别说长相了。那么聪明的孩子，又岂会是从我肚里爬出来的，你起疑心也是迟早的事。"

原来如此……与吾藏深以为然。由佳对语言的非凡感知固然离不开老夫妇的悉心栽培，但天分十有八九源自她的亲生父母。

阿类以手背拭泪，起身道：

"对不住啊，与吾哥，害你空欢喜一场。不过说出来以后，我心里痛快多了。"

"阿类……"

"托你的福，让我做了场黄粱美梦……我会告诉由佳，叔叔不会再来了。"

心里急着挽留，却愣是动弹不得。不知因何而起的酸楚如湍流般汹涌而来，缠着他的脚不放。

阿类拉开店门。弓着身子的背影，浮现在漏出门外的微光中。

白雪纷纷扬扬，与红褐色的棉衣相映成趣。

"哎哟，原来你在啊？叫了半天没人应，还当你出去了呢。"

晨光透过开着的门照进屋里，好不刺眼。与吾藏抬起一只手挡着，缓缓起身。来人是管事茂十。

"难得见你醉成这样。不过大过年的，多喝两杯倒也无妨。"

昨晚阿类走后，与吾藏借酒浇愁。见了底的一升酒瓶倒在地上。

"我就是来拜个年，恭贺新禧！"

"恭贺新禧，今年也请多多关照。"

与吾藏僵硬地鞠了一躬，仿佛一个做工粗糙的玩具。禧个屁啊……喝得迷迷糊糊的脑子暗暗嘀咕。

"还想顺便把这个拿给你。其实两三天前就到手了，奈何年底事务繁忙，总也不得空。"

管事递来一本书。封面上印着一串复杂的汉字，与吾藏根本看不懂。

"你常哼的那首双关接龙歌，歌词就是这本书里来的。"

啊？——与吾藏连忙翻开，可惜读起来着实吃力。他恨自己不争气，只得请教管事。

"飞鸟山后面几句是这样的。山上有座药师寺，药师寺，寺寺路通播磨潟，播磨潟……后头还提到了幡随院和升官图呢。"

噢……与吾藏打量着自己看不懂的书。

"只要标上念法，其实也不难。我觉着你大概想知道后面几句是什么……"

最想看到这本书的，并不是与吾藏。

女孩两眼放光，欢天喜地的模样浮现在眼前。

"管事老爷，您说……"

不过一眨眼的工夫，酒便醒了个透，头脑无比清明。与吾藏拿着书，下到门口的泥地。

"歹竹也能生出好笋吗？"

"当然能啊。"

"多谢了，管事老爷。我出去一趟！"

与吾藏撂下一头雾水的管事，冲出大杂院。

他与由佳约好了在石阶碰头，然后一起去神社参拜。

脚下尽是洁白无痕的新雪。

"起个头来玩玩看——"

由佳欢快的声音回荡在耳边。

第四章

冬虫夏草

心町仅有一棵樱花树。

　　许是无人修剪的缘故，枝丫长得全无章法，要紧的花也不过零星几朵。但对心町的街坊们而言，它仍是宣告春天到来的信使。

　　人们翘首期盼樱花盛开的日子，甚至讨论起要上哪儿赏花。每每听到这样的欢声笑语，阿吉心头都会蒙上一层阴霾。她心知肚明，阴霾源自焦虑。

　　春日到来的征象总是暗藏变化。让她胆战心惊的，也正是这瞬息万变。樱花的绽放与凋落都在转瞬之间，将变化不由分说地甩到她眼前。

　　每每从树下经过，她都拼命无视那些正要努力绽放的花蕾。谁知那一日，眼角余光捕捉到了一个不同寻常的东西。

　　只见重重叠叠的树枝阴影中，分明有个疑似鸟粪的白点。

　　本以为是花蕾，但颜色略有不同。不是淡粉色，而是青白色。

　　凝神观察，认出那是什么东西时，她不禁打了一个寒战。

　　那不是花，而是破蛹而出的飞蛾。许是出来得太早，刚探出头便冻死了。阿吉不禁毛骨悚然，却愣是无法移开视线。她喃喃自语道：

　　"这便是冬虫夏草？……"

　　她听父亲和夫君说过，冬虫夏草是一种寄生在飞蛾幼虫身上的菌子，可以入药。虫子能活着过冬，到了夏天则会被菌子杀死，化作小草。这味药材非常罕见，极其昂贵，连父亲和夫君都从未见过。

　　没能羽化便一命呜呼的飞蛾，让她想起了这个名字。

　　那就是我啊——

　　阿吉悄悄把手伸向只露出了半截的死虫。

　　"要我说几回啊！这么便宜的酒哪喝得醉，得买上方来的好酒，清如水的才行！"

　　吼声自大杂院深处传来，聚在井边的女眷毫不遮掩地皱起了眉头。住着简陋的大杂院，却嚷嚷着要喝清酒，而且一大早就喝上了，简直荒唐至极。又来了——在场的女眷们皆是一脸的厌烦。

　　有个女人压低嗓音劝道："早上喝酒对身体不好。"

　　男人反而怒气冲冲道：

　　"想让我多吃饭，就做些下饭的小菜啊！每天不是羊栖菜就是豆腐，浑身都使不上劲儿。能吃上竹荚鱼和鲥鱼都算开荤了。偶尔买两条肥美的白肉鱼也不会遭天谴吧！"

"还白肉鱼呢，异想天开……"

"黄口小儿都知道，住这种地方的人哪吃得起白肉鱼啊。"

"一把年纪的大孩子最愁人了，吉姐也真是命苦。"

三个洗着衣服的女眷发出露骨的调侃。只怪那人从早到晚怨声不断，一年到头都不消停，街坊们早就憋了一肚子火。

"听说她儿子过了年就三十一了，怎么还跟个五岁小娃娃似的无理取闹。"

"照理说啊，这种时候该说'真想瞧瞧他爹娘长啥样'，可吉姐偏偏是个好的，就是太宠着他了。"

"就算身子残了，也不该这般折腾爹娘啊。我一个外人都快看不下去了……"

阿吉的儿子富士之助多年前受了重伤。别说是走路了，连站都站不起来，如厕都无法自理，只能终日待在家中，借酒浇愁。酒鬼难免大声喧哗，愤懑的怒吼总是回荡在大杂院的角角落落。

每一句都是对母亲的怨怼与咒骂。在街坊们听来自是不堪入耳。

遥想五年前母子俩刚搬来的时候，也有人教训过富士之助，可惜收效甚微。他如野兽般敌意毕露，獠牙到头来还是对准了母亲阿吉。约莫半年后，街坊们便认清了他的嘴脸，没人再搭理他了。只是他发出的噪声终究让人难以忍受。

街坊们忍无可忍，一心盼着母子俩早日搬走，却又不敢当面提。因为阿吉的待人接物挑不出一点儿错来。

从举手投足与用词遣句便不难看出她很有教养，出身应当不错。看着这样一位母亲全心全意照顾儿子，没有一句怨言，街坊们是既同情又好奇。

"听说她原先是日本桥一家大商铺的老板娘呢。"

"还有人说她在大奥①修习过呢。瞧那一手好字，倒还挺像那么回事儿。"

"一场大火烧得啥也不剩，真可怜。"

阿吉绝口不提自己的来历，倒是她儿子每每醉酒都会沉浸在荣华富贵的往昔回忆中，抱怨自己的不幸，所以街坊们无意中也听到了些许，久而久之便添枝加叶地传开了，在心町传得煞有其事。

母子俩的生计全靠阿吉代写书信维持。心町居民出得

---

① 幕府将军的家眷们和负责服侍的女官们居住的地方，也称为将军的后宫。日本古时候不少武士、商人的女儿将出仕大奥当作婚前修行的一种，不仅可以学习文书、礼仪，也彰显了娘家的身份地位。

起的价钱着实不高，自是赚不了几个钱，但阿吉收钱时总是千恩万谢。那模样也勾起了街坊们的恻隐之心。

"轻点儿啊！用这么大劲儿是想疼死我啊！水也不够热，都要着凉了！"

女眷们刚洗完衣裳，刺耳的叫嚷便再度响起。看来阿吉正在为无法沐浴的儿子擦身。

阿吉常给个头比自己还大的儿子擦身。夏天几乎每天都擦，如今这个季节也是三天一回。仲夏时节用凉水倒也够了，其他季节还得专门烧热水。富士之助认为这一切都是理所当然，不仅不感谢母亲，反而恶言相向。

"臭死了！又是那条臭水沟的味儿……水一暖，臭味就飘来了。你闻不出来吗？到了夏天，河里便会长满孑孓，生出一堆蚊子来。就该赶紧填了。"

冬寒夏暑，漏风漏雨。晴天尘土飞扬，阴天沉闷憋屈……连天气都要拿出来大做文章。然而大杂院的街坊们最无法容忍的是，他们每天不得不忍受的小郁闷，竟被富士之助公然提出来大呼小叫。

高台环绕的洼地终年乌烟瘴气。街坊们生活艰辛，无缘消遣作乐。身边的人都一样苦。这既是慰藉，也是倒映出自身惨状的镜子。偶尔发一句牢骚，也不会超过玩笑的范畴。

恰似蛋壳里的鸡蛋。只要有蛋壳裹着，就无法分辨里头的东西新不新鲜，有没有臭。富士之助却偏要把蛋逐一捧烂，任馊味四散开来。

与五年前别无二致。整整五年过去了，唯有富士之助无意融入心町的生活，还当自己是大商铺的少爷，教街坊们如何不恼。

"这么不乐意就赶紧搬走啊。"

"要不是看在吉姐的份儿上，我早就用竹席把他裹起来扔进河里了。"

"被他这么一衬托啊，我瞧自家那傻儿子都顺眼多了。"

真不像话……女眷们嘟嚷着把盆里的水倒进脏水沟盖的缝隙。这些水也会流进被富士之助称为"臭水沟"的心川。

女眷们把衣裳装进盆里，起身要走，却见一个小贩模样的人自大杂院暗处现身。

"咦，是个生面孔。"

"小的是越中富山来的药贩子，这儿是头一回来。"

来人一身出远门的打扮，背着一个四四方方的大包袱。他摘下草帽，毕恭毕敬地鞠了个躬。

"我们哪用得起药啊，没瞧见这破房子嘛。"

"此言差矣，我们最看重的就是您这样的客人。我们富山药贩的行规，便是'先用后利'这四个字。"

"先用后利？"

"药这个东西不就是用来救急的吗？有个头痛脑热的时候，有钱人还能请医术高明的大夫诊治，穷人囊中羞涩，哪有钱请大夫呢。"

"这倒是，我们这儿就只请得到靠不住的针灸师。"

小贩说得头头是道，女眷们连连点头。

"这天是一天比一天暖和了，一不留神难免要吃坏肚子。不知各位有没有听说过反魂丹？"

"哦，我听过，是专治肚子疼的吧？"

"不错，反魂丹是富山引以为傲的灵丹妙药。专治胸腹部绞痛，效果立竿见影，广受欢迎，各位何不一试？"

"兜里没钱可怎么试啊，明天的吃食还没着落呢。"

"先用后利正是为了消除各位的后顾之忧，"小贩探出身子道，"小的会把药留在这儿，各位有需要了便用，事后再付钱就是了。这是富山药贩的传统，历史能追溯到元禄年间①呢。"

穷人生病时别无选择，只得吃药。心町好歹在江户，已是比上不足比下有余了。乡下有的是更穷苦的寒村。小贩热情地讲解道，他走遍了十里八乡，专做这种"先用后利"的生意。

---

① 江户时代的日本年号，即1688—1704年。

"话是这么说……可用了不还得掏钱吗？我们付得起吗？"

女眷们苦着脸，面面相觑。就在这时，其中一人似是想起了什么，说道：

"干脆把药放在管事老爷那儿吧？他肯定不会偷拿，还会帮着垫付药费。"

"哦，这个主意好！管事老爷肯定不会催，我们也能慢慢还。"

"对你也没坏处吧？我们一会儿帮你跟管事老爷说去。"

药贩求之不得，自是欢天喜地地答应下来。众人麻利地晾好衣裳，正要去寻管事，却见阿吉捧着水盆走了出来。

"吉姐来啦。"

"大家好。洗衣裳呢？真勤快呀。"

药贩盯着和蔼可亲地和女眷们打招呼的阿吉，目光烫得几乎要在她身上烧出洞来。

"……您不是……'高鹤屋'的老板娘？"

阿吉吃了一惊，回头望向药贩，随即水盆滑落在地。

"还真是啊！天哪，这都多少年了……还记得小的吗？小的是富山的津贺七啊。以前每次来江户，小的都在高鹤屋落脚，多亏您悉心关照。"

药贩眉飞色舞地感慨着，阿吉却低头看着地上的水盆和打湿的脚。

回忆不容分说地涌上心头。阿吉的不幸，并非源于儿子受伤，亦非家道中落所致。

事情要从整整十年前说起。同样是樱花盛开，春意盎然的时节。

在阿吉心中，春天从那时起便成了喧闹与烦心的代名词。

"孩儿心有所属，非她不娶——"

从富士之助红着脸央求的那一刻起，阿吉便有了不祥的预感。

那一日，他与日本桥商铺的少爷们同去隅田川边赏花，夜里回来便跟爹娘开了口。

"这话从何说起啊，富士之助？"

当时还很硬朗的夫君头一个皱起了眉头。

日本桥的本町是远近闻名的"药材一条街"。相传初代幕府将军德川家康迁居江户后开设的第一个商业区便是本町。当年官府命商人和工匠按职业集中居住。濑户物町①、吴服町②等町名便是那段历史的遗痕。江户的规模

---

① 濑户物即陶瓷。
② 吴服即布匹绸缎。

早已是今非昔比，但本町仍是药材批发商的聚集地。

　　高鹤屋也是传承了三代的药材批发商，店面开在本町四丁目。与周边同行相比，它的历史不算悠久，生意却做得颇大。创始人乃富山药贩出身，三代人凭借渊博的药材知识和脚踏实地的经商风格吸引了大批主顾。

　　阿吉的夫君寿兵卫便是高鹤屋的第三代老板。他熟知各类药材，比起大夫都有过之而无不及，举手投足更像学者而非商人，平日里都把生意交给掌柜打理，自己则埋头研究药草和中医。他深受大夫和药商的信任，高鹤屋的繁荣离不开他在幕后的默默支持。

　　阿吉在二十一岁时嫁入高鹤屋。她的娘家在麻布的宫下町，父亲是经营医馆的大夫。成婚如此之晚，也是因为家中大小事务都需要阿吉这个长女帮忙操持。娘家的医馆规模颇大，病人络绎不绝。父亲和徒弟们负责治病救人，阿吉平日里则帮着母亲订购药材，包括徒弟们在内的一大家子的日常伙食也是她在料理。

　　许是母亲见女儿年岁渐长，催着父亲尽快物色人家。最终，父亲相中了熟识多年的高鹤屋寿兵卫。

　　寿兵卫一心扑在学问上，曾远赴长崎游学，眼看着都三十好几了却仍未娶妻。想必是高鹤屋的老夫人和掌柜催得紧，婚事很快便定了下来。虽是盲婚哑嫁，但阿吉通过父亲了解过寿兵卫的为人，也听说高鹤屋虽是商贾人家，家风却与医家并无太大差别，于是便安安心心嫁了过去。比自己大十五岁的寿兵卫性情沉稳，待人温厚。公爹已不在人世，阿吉很快就适应了高鹤屋老板娘的身份。成婚两年后，长子富士之助呱呱坠地。

阿吉在高鹤屋的生活可谓一帆风顺。

硬说有什么不顺心的，那便是婆母了。

无论是穿衣打扮还是一日三餐，婆母总是抢着照顾寿兵卫，决不让儿媳插手。寿兵卫似乎也认为这是理所当然，对阿吉的不满一笑置之。

"这不是两全其美吗？毕竟你还有襁褓中的孩子要照顾，把我交给母亲，你不也能省点力吗。"

婆母呵护了寿兵卫三十余年，又何来阿吉插足的余地。她只得全心全意照料儿子，弥补无法尽情履行妻子职责的缺憾。

富士之助的身体着实不算好，冷了感冒发热，热了腹肚不安。所幸家里是做药材批发生意的，有的是药可用，也不愁请不到大夫，没有什么大碍。阿吉理所当然地守在儿子枕边，悉心照料。她没能怀上第二个孩子，却觉得这是上天的恩赐，好让她专心抚育独生子。

所幸富士之助长到了十二三岁，身子便日渐强壮起来。恰在此时，婆母因中风骤然离世，没有缠绵病榻。这也算是她对儿媳唯一的关怀了。

但婆母的离去，意味着阿吉不得不在这个年纪多伺候一个寿兵卫。夫君抱怨她不按婆母的习惯来，她都懒得赔礼道歉。当时寿兵卫已年过半百，全身各处都在走下坡路。但最让人发愁的，还是高鹤屋的继承人富士之助。

　　富士之助没有继承绵延三代的好学血统。儿时体弱多病，三天两头请病假不去学堂。更关键的是，他对学问本身毫无兴趣。十四岁出学堂后，寿兵卫和掌柜开始对他轮番教导，奈何他总也学不进去。更让众人头疼的是，这孩子全无耐性。

　　坐不了一个时辰，他便会以如厕为由偷偷溜出去，四处游玩。

　　"都是你惯出来的毛病！听着，以后不许再随便给他零花钱了。再这么沉迷玩乐，后果不堪设想——"

　　夫君越是絮絮叨叨，阿吉就越是心疼儿子。

　　家里给不给钱都一样。富士之助有的是年纪相仿的败家子朋友。他们会结伴去花街闹事，吃喝玩乐。事后看到店家送来的账单便傻了眼，可高鹤屋这样的大户人家又岂能赖账。

　　"少爷这副样子，高鹤屋前途堪忧啊。"

　　"还不如找亲戚过继一个……听说某家就有个年纪差不多的，很是出息。"

　　掌柜与领班的悄悄话也传到了阿吉的耳朵里，但她并不介意。年轻人难免贪玩，大了自然就稳重了。对阿吉而言，那也是最幸福快乐的一段时光。

原本体弱多病的儿子变得活蹦乱跳，每天都神气十足。只要他平安康健，阿吉便心满意足了。他疏远父亲和店里的人，对母亲阿吉却是敬慕有加，很是依赖。无上的欢喜，让阿吉听不进旁人苦涩的担忧。

"放心吧，等他过两年成了亲，想不稳重都难。"

夫君每每苦口婆心，阿吉都会从容不迫地如此回答。

只怪她当时稀里糊涂，全然没料到儿子的婚事会酿成怎样的苦果。

富士之助的心上人名唤江季。

江季是日本桥大街二丁目的粮油批发商"山崎屋"的次女，芳年二八，比富士之助小四岁。

每年十一月都有歌舞伎的全班公演。富士之助与玩伴们一同前去看戏时，旁边的池座里便坐着与姐姐姐夫同来的江季。那时她不过十五岁，平日里养在深闺。她姐姐觉得富士之助温文尔雅，仪表堂堂，便在妹妹的央求下帮着牵线搭桥。两人常以逛庙会、赏梅为借口私会。相识不过四个月，富士之助却已是死心塌地。

与友人去隅田川赏樱那日，富士之助一时激动，向父母透露了江季的存在。据说江季和她姐姐也去赏樱了。

"孩儿只愿与江季共度余生。今日在樱花树下，江季也向孩儿表明了心意。"

在寿兵卫和阿吉看来，这简直是过家家，是不折不扣的儿戏。

婚姻大事，讲究父母之命，媒妁之言。后巷大杂院的粗野青年才会谈情说爱。在大户人家，这反倒是上不得台面的丑事。高鹤屋这样的商贾人家就更不用说了，儿女亲事理应由亲戚长辈仔细物色门当户对的姑娘，然后聘请媒人，照章办事。

谁知富士之助等不及长辈张罗，年仅二十就定下了妻子的人选。

寿兵卫自不必说，阿吉也是不知所措。商贾人家的儿媳绝不仅仅是儿子的伴侣那么简单。富士之助的妻子还需要肩负起高鹤屋少夫人的职责，操持内宅的各项事务。十六岁的小姑娘怕是难当大任。

寿兵卫虽不情愿，却还是帮儿子出了面。一方面的原因是，山崎屋的生意做得比高鹤屋更大。除了粮油，山崎屋还批发酱油、醋和味噌，在闹市区的主干道开了三间并排的铺面。

"山崎屋是传到这一代才做大的，听说家主很是能干。不过我总觉得，两家的家风怕是相差甚远啊……"

寿兵卫起初并不乐意，奈何亲戚们极力促成，说"这是求也求不来的好姻缘"。富士之助本人也极其上心。

"父亲，您就成全了孩儿吧！这些年吊儿郎当，害您操心了。孩儿已幡然醒悟，只要能和江季成亲，定会洗心革面，发奋上进。"

素来没长性的富士之助竟天天跑来央求父亲。想必寿兵卫也苦恼了许久，他只问过妻子一回：

"你意下如何？"

"这……我从未见过那孩子如此坚持……"

阿吉答得含糊其词，因为她心中也没有定论。自从听儿子提起江季，她的内心便喧嚣不止，好似在风中摇曳的樱花树，只觉得心神浮动，总也静不下来。每一次摇曳，她的心都如凋零的花瓣一般散落在地，好不凄惨。

半个多月后。寿兵卫拗不过儿子，通过媒人正式向山崎屋提亲。

"实不相瞒，小女也磨了我许久，嚷嚷着此生非令郎不嫁。高鹤屋若不来人，我正打算明日亲自上门呢。"

山崎屋老板热情相迎。然而在回家路上，寿兵卫吐露心声，说对方行事轻浮，着实不够稳重。阿吉忧心的却不是未来的亲家，而是那日初见的江季。

江季生得花容月貌，也难怪儿子对她如此着迷。人确实乖巧可爱，但阿吉一见到她打扮得花枝招展的模样，就莫名地毛骨悚然。

她不禁联想到了樱花树上密布的毛虫。

名为阿吉的樱花树，会被这姑娘啃得千疮百孔——许是本能向她发出了警告。

江季兼具国色天姿与富家千金的傲气，反倒令人生厌。还有那眼神——她虽然低着头，圆溜溜的大眼睛却是游移不定，还时不时抬眼打量未来的公婆。

"那姑娘也好不到哪儿去。很是浮躁，全无修养。"

"这话就太苛刻了。人家才十六岁，轻浮些也是在所难免。"

夫君似乎并未察觉到阿吉生出的危机感。这种嗅觉许是女人独有。

但两家的婚事还是迅速推进。由于江季年纪尚小，各方面的准备费了些时日。一年后，婚礼在春意盎然的时节举行，江季正式嫁入高鹤屋。

婚后不久，家中便风云突变。

"什么？你要和江季同席用餐？"

"是啊，都是一家人，有何不可？听说山崎屋就是男女同席用餐的。"

"这里可不是山崎屋，必须按高鹤屋的规矩来。"

"母亲，你可真是个老古板，也该变通变通了。"

新媳妇一进门，我就成老古董了？阿吉顿感两颊发烫。

阿吉向来是先伺候一家之主寿兵卫和继承人富士之助用餐，然后才轮到自己。这是婆母还在时便有的规矩。她做姑娘时也是如此。母亲和她要先伺候父亲、弟弟和徒弟们用餐，忙完了才能吃上一口。

多年养成的习惯，岂能说改就改。阿吉自是坚决反对，却是适得其反——小夫妻开始在自己屋里单独用餐了。他们让山崎屋陪嫁的丫鬟伺候，每日其乐融融。食案风光也与寿兵卫夫妇的截然不同。高鹤屋毕竟是做药材生意的，讲究养生滋补，平日里都吃些朴素却有益健康的饭菜。谁知新媳妇竟嫌他们吃得太寒酸，与狐朋狗友下惯了馆子的富士之助自是毫不犹豫地答应了妻子的要求。

但对阿吉打击最大的是，江季夺走了她贴身照顾儿子的乐趣。

江季刚进门时的表情还历历在目。

"婆母，您怎么来了？"

见阿吉现身自己与丈夫的居室，江季投来不悦的眼神。

"这还用问吗？这些都是为富士之助准备的。他的饮食起居仍由我打点，不是都跟你说过了？"

备好衣衫腰带，静候儿子现身的阿吉理所当然地回答道。

"是有这么回事呢……"江季嘴角一勾，眼中却是难以掩饰的厌恶。

阿吉不禁窃笑。儿媳在家中有多弱势，她这个过来人最是心知肚明。她没把儿媳放在眼里，认定一个十七岁的黄毛丫头绝不是自己的对手。谁知年轻的儿媳比她料想的狡猾得多。表面上对婆母百依百顺，背地里却是小动作不断。

小夫妻吃得讲究，在穿衣打扮方面更是穷侈极奢。他们请绸缎庄的人上门送货，每月裁制新衣。还有杂货店、鞋店、衬领店……眼看着出入高鹤屋的商人越来越多。花钱如流水，连高鹤屋都负担不起了。阿吉严加斥责，江季便眼泪汪汪，仿佛受了天大的委屈，事后还要回娘家找父亲告状。

山崎屋寄来书信，表示愿承担小夫妻的一应开支，望高鹤屋对任性的女儿睁一只眼闭一只眼。行文谦恭，却透着对亲家的不屑，看得阿吉火冒三丈。

直到此时，她才觉察到儿媳的奸计。

"母亲，哪能配这条腰带呢。这件裙子也太土了。行了行了，以后都让江季挑吧。"

儿子的随身物品都染上了儿媳的色彩。渐渐地，他便瞧不上阿吉的眼光了。江季将娘家父亲的财力发挥到极致，试图将婆母赶出他们夫妇的居室。

"婆母，儿媳会把夫君的饮食起居照顾得妥妥帖帖，您尽管享清福去吧。"

见儿媳胜券在握，阿吉羞愤难当，仿佛五脏六腑都在翻腾。她当然打出了最后的王牌，向夫君痛切控诉儿媳的无法无天。谁知寿兵卫不过是皱了皱眉头，一脸不耐烦地说道：

"还不是你管头管脚，他们才懒得搭理。"

"可江季这丫头也太放肆了！有话从不直接跟我说，净让富士之助替她出头。再不行就回娘家哭诉，然后她爹就会跳出来多管闲事——"

"两家的家风本就不同，提亲前便已有所耳闻，你也别老挑剔这些琐事。富士之助这孩子才更让人忧心。他什么时候才能静下心来投入家业？小夫妻俩四处游玩，成天不着家，成何体统啊。"

寿兵卫的怒火绕过儿媳，直指儿子。明明江季才是罪魁祸首，他却从不公开责备儿媳，只对儿子舌锋锐利。富士之助对此深恶痛绝，越发疏远店里的生意和父母。

嫁入高鹤屋时，阿吉深刻体会到了"女子三界无家"这句老话。儿媳是唯一的外人，不得不去适应婆家的风土。她历经千辛万苦，好不容易习惯了，也有了唯一的血亲。她对儿子倾注了毫无吝啬的疼爱，一砖一瓦夯实了自己的立足之地。婆母去世后，她终于得到了安身立命之所。

恰似栽培一棵需要费心照料的樱花树。

落叶后修剪枝条，开花前后勤施肥。好不容易熬到花朵盛开，树却已面目全非，长满毛虫。前脚刚摁死，后脚便有新的冒了出来。

毛虫是一种再贴切不过的比喻。因为江季从不当面顶撞她这个婆母。她总以弱不禁风的姿态示人，拿夫君和父亲当挡箭牌，伪装成不能动弹的青虫，实则浑身都长满了毒刺。

女子三界无家。阿吉真没想到，自己会再一次领会到这句话。原本修剪得整整齐齐的树枝早已千疮百孔，她的语气自是越发尖刻。

"做妻子的成天带着夫君四处游玩，成何体统！你是高鹤屋未来的老板娘，总得学着管家啊。先帮着招待富山来的药贩吧。"

高鹤屋的创始人出身富山，因此家中格外关照老家来的药贩，会安排房间供药贩歇息，奉上好酒好菜。与他们畅谈药理更是寿兵卫的一大享受。阿吉也认为这是老板娘的重要职责，平日里对药贩们关照有加，深受众人爱戴。

在婆母的威逼之下，江季不得不帮忙招呼。奈何她从小娇生惯养，不堪大用。挨了训斥，便是眼泪汪汪，药贩们还得反过来安慰她。

第二天，儿媳称自己身体不适，差富士之助去应付母亲。

　　"才一天就叫苦叫累，以后可怎么办？做事也是疏忽大意，简直不像话，连杯茶都泡不好。"

　　"母亲，您待江季也太刻薄了，一天到晚都没句好话，她该有多委屈啊！"

　　不知不觉中，她与儿子竟已如此疏远。儿子本该是自己的分身，却在公然指责她这个母亲。阿吉有苦难言，心都蔫了。

　　"江季才十七啊，哪能跟二十好几才嫁人的您比。您耐心教教她不就行了？您和父亲都还硬朗，好歹让我们在继承家业之前过两天自由自在的日子吧。"

　　富士之助撂下这句话，扬长而去。阿吉也有一肚子话想说。可说出来又有何用？宛若灰尘，全无意义。一桩桩一件件都是鸡毛蒜皮，渺小得无法用肉眼看清，却在阿吉心中聚沙成塔。

　　"老板娘，还好吧？"

　　回过神来才发现，一张写满担忧的脸正盯着自己，许是恍惚中走去了药贩落脚的房间。津贺七比阿吉小四五岁，是高鹤屋的常客，这十多年几乎是年年都来。他向来心思细腻，把阿吉当姐姐一般敬慕。

"莫不是有烦心事？"

身为老板娘的自负，将怨言堪堪拦在嘴边。

"哦，就是觉着身子乏，发了会儿呆。年岁不饶人呀。许是儿子成了亲，松了口气。"

津贺七肯定也通过下人听说了高鹤屋的婆媳矛盾，却体贴地装出一无所知的样子，慰劳阿吉。

"实不相瞒，今年怕是小的最后一次来江户了，以后都得往西边跑了。"

"这样啊……肯定是因为你做事踏实，格外得东家赏识。"

"人生地不熟的，小的心里实在是没底……"

"放宽心，定能马到成功。可惜以后想见一面都难了……"

"是啊，高鹤屋待越中药贩就跟自家人一样亲。小的们来了这儿啊，都跟回了老家似的自在。由衷感谢您这些年的款待。"

"瞧你这话说的，多见外呀。等哪天再来江户的时候，可一定要来坐坐。"

细想起来，津贺七只有高鹤屋欣欣向荣时的记忆。

他怕是做梦也不会想到，在短短两年后，高鹤屋便走了下坡路。

但阿吉的立足之地早已开始崩塌。她每日操持家务，履行老板娘的职责，土崩瓦解的轰鸣在耳畔无休无止，吵得她头痛欲裂，眼冒金星，仿佛浑身的经脉都着了火。

富士之助本该是唯一的良药，她却没法跟儿子说上几句话，有时甚至连面都见不着。寿兵卫也是郁郁寡欢，一有机会便教训儿子，想方设法让他对生意上心，却是徒劳无功。

"孩儿不是因循守旧的人，出门交际也是为高鹤屋的未来着想。像父亲那样整天闷在家里又有何用？效仿山崎屋的岳父，通过吃喝玩乐与别家打成一片，不也是一家之主的职责吗？"

儿子变得越发能说会道，面不改色心不跳地扯着歪理。

许是心怀不同于妻子的愁苦，许是年衰岁暮。

江季进门不过两年，五十九岁的寿兵卫便撒手人寰。

在旁人口中，高鹤屋的不幸始于寿兵卫的离世。

高鹤屋往日的繁荣离不开第三代当家渊博的药材知识。寿兵卫一走，名医、时兴药铺等大主顾便都不见了踪影，仿佛梳子掉了齿一般。

富士之助的恶名更是雪上加霜。正式继承家业后，贪玩的毛病也没有丝毫收敛的迹象。多亏掌柜与领班，店里的生意才得以维持，可老板总也不来，士气自是萎靡不振。

阿吉自然而然成了众人口中的"老夫人"，开始参与店里的各项事务，却终究无法与亡夫相提并论，充其量只是顾问。即便如此，伙计们还是唯她马首是瞻。阿吉也一心扑在生意上，排遣寂寞。

心中的大坑并非是夫君离世所致。只怪夫君离世后，加倍倾向儿子的满腔激情，教她自己也难以招架。

阿吉的努力于事无补，生意每况愈下。但她都无所谓了。

她已完成了母亲的使命，无法在自己身上找到一丝一毫的价值。

谁知一年后，转机从天而降。

某日打烊后，阿吉取下门帘。刚和掌柜等人对完账，却忽然听见有人猛烈拍打紧闭的前门。女人焦急的喊声传来。

"婆母，不好了！老爷他，老爷他……"

儿媳江季的呼喊，吓得阿吉浑身一凉。领班急忙打开边门，阿吉头一个冲了出去。倒春寒的夜晚，凉得出奇的空气舔过她的肌肤。

"富士之助怎么了？"

儿子早已改名为"第四代寿兵卫"。情急之下，幼名脱口而出。

阿吉厉声质问，儿媳掩面号哭。

"老爷在闹市跟武士吵了起来……被打得遍体鳞伤……"

儿媳身后跟着三两酒友，其中一人面无血色地指着一顶轿子。

那晚，富士之助去了新大桥对岸的深川闹市，一如往常地饮酒作乐，喝得醉了些。正要回家时，不小心撞到了一群年轻武士。武士逼富士之助道歉，他却贸然顶撞。

富士之助嘲笑武士囊中羞涩，花钱小气，听得一位武士勃然大怒，对他拳打脚踢，所幸没闹到拔刀的地步。打得他如破抹布般瘫倒在地，武士才解了气，大摇大摆地走了。酒友们连忙用轿子把浑身青紫的富士之助送回了家。

阿吉根本没把儿子受伤的前因后果听进去。记忆瞬间倒流。

儿子瘫软的模样，让她想起了当年那个发热卧病的小人儿。

领班们把一家之主抬进屋里安顿好，立即请大夫前来诊治。

大夫说他只是模样惨了些，没有性命之忧。心头的大石落了地，欣慰的泪水夺眶而出。

江季也守在房中，却似乎被夫君脸上的紫色瘀伤吓破了胆。她甚至不愿靠近枕边，只是哭个不停，派不上一点用场。

"江季，去别处歇着吧。老爷有我照顾。"

儿媳仿佛被傲然挺胸的婆母镇住了，灰溜溜地出了门。

从那天起，阿吉寸步不离地照看儿子。富士之助一连数日高烧不退，她便不停地给儿子替换额头上的湿手巾，小心翼翼地在瘀青处涂抹药膏，甚至亲自伺候屎尿。

功夫不负有心人，不到半个月，瘀青便渐渐消退。大夫的脸色却是日渐阴沉。

"都这么多天了，下身还是使不上劲……莫非他再也站不起来了……"

大夫的担忧源自富士之助背部的大片瘀伤。一问江季，才知道富士之助挨打时，后背狠狠撞到了屋檐柱子的棱角，武士们还对着他背上的同一处猛踢。

"腰背受重击的伤者，偶有双腿不听使唤的情况……"

"您是说，他以后都不能走路了？"

大夫对母亲默默点头。

儿子的不幸令阿吉心如刀绞，却也生出了自私的希望。

像这样每天守着富士之助，于她而言便是无上的幸福。她废寝忘食地照看儿子，除了如厕从不离开病房一步，尽情享受着阔别已久的独处时光。

见母亲熬出了黑眼圈，富士之助似是分外感动。他向母亲表达了感激之情，乖乖受她照料。

一个月后，大夫如实告知伤情。富士之助顿时翻了脸，怒道：

"你的意思是，我下半辈子都不能走路了？"

"十有八九……恐怕连站都成问题。"

"那岂不成了襁褓中的婴儿……你要我怎么活下去啊？"

"药材生意本也用不上腿脚。借此机会潜心钻研，定能……"

"你个庸医懂什么？给我滚！别再让我看到你那张脸！"

富士之助仿佛被野兽附身了一般，把大夫轰了出去。阿吉为他请了一个又一个大夫，却都没给出令人满意的答复。他对母亲的态度也是日渐恶劣。

"让我一个人静一静！你那副忧心忡忡的样子我都看烦了！把江季叫来！都好几天不见人了！"

"江季回娘家了……说是亲家母身体不适，回去探望了。"

"回娘家了？我怎么不知道！我还在这儿受苦呢，她这个做妻子的怎么不在呢！都怪你！都怪你苛待她，她才恨上了我……"

阿吉接下儿子撒的气，回忆起数日前与儿媳的对话——

"江季，我想送你回娘家。"

她告诉江季，富士之助已是康复无望。

"山崎屋定能理解我们的苦衷。你还年轻，不该在婆家蹉跎了大好年华。这也是我这个婆母的一片苦心。"

"拆散我们，便是您的苦心？"

那是阿吉头一回意识到，二十岁的江季已不似三年前那般稚气未脱，有了成年人的沉稳持重与目中无人。

"我对老爷是一片真心，天地可鉴。"

"嗯，我知道。"

富士之助受伤那晚，江季慌得泣不成声，对夫君的关心溢于言表。然而，这般廉价的情爱没有一丝一毫的价值。受难的孩子所需要的，是母亲的大爱。

"但你不可能照顾他一辈子。你父亲也不会点头的。"

江季紧咬下唇。我赢了——阿吉心想。总算是出了这三年的恶气。

"若您允许，我想带着老爷离开这个家，与高鹤屋断绝关系……我一个人忙不过来，请父亲帮忙便是了。老爷想必也是乐意的。"

"过个一年你就明白了……与夫君一起被拘在家里，绝非你的本意。"

"婆母，您有朝一日也会明白的。只要有您在，老爷就绝不会幸福快乐。"

"你个黄毛丫头懂什么！还不快滚！"

阿吉不禁怒气毕露。江季投来写满怨恨的目光，起身道：

"我与父亲，都不会忘记您今日的所作所为……"

再多的狠话，在阿吉听来也不过是丧家犬的哀嚎。

和离书本该由夫君写，但阿吉以富士之助尚未康复为由，通过媒人迅速办妥了手续。当然，她在儿子面前绝口未提江季是被自己赶走的。

儿子自是大闹一通。他辱骂妻子，怨恨山崎屋的傲慢，更诅咒自己的不幸。他将所有的怒火，统统发泄在母亲身上。

在阿吉眼里，儿子的发泄也近乎甘霖。被汹涌的情绪痛击，总好过蝉蜕般的空虚。

那时的阿吉清楚地意识到，富士之助是本该羽化的蛹，而她不过是包裹着蛹的那层薄薄的壳。完成了使命，破碎便是唯一的结局。谁知儿子没有破壳，留在了阿吉的怀抱之中。

恰似以蛹的状态死去，没能羽化的飞蛾——

"对不住啊，劳你特意来一趟。有些话不知该不该让你儿子听见，所以想先问问你的意思。"

管事茂十将阿吉迎进家门，切入正题。

"我听前些天来的药贩津贺七说了。你也真是不容易。说是儿子出事后，家里着了火？他说他一直没打听到你们母子的下落，心里很是惦记。"

儿子和离后的第二年春天，两个街区外的房子起了火。阿吉只能让下人背着儿子匆匆逃离，什么东西都没来得及拿。一场大火将高鹤屋化为废墟。就算没这场火灾，结局恐怕也一样。资金早已周转不良，唯有转手这一条路可走。

但最令阿吉气愤的是，山崎屋的老板竟在这个节骨眼上厚着脸皮跳了出来。

"虽说两家和离了，但亲家的情分还是在的，遇到了困难当然要伸出援手。不瞒您说，我在同一条街上又买了个铺子，打算开家药材店——"

高鹤屋用的人自是经验丰富，无可挑剔。他摆出恩人的态度，表示会全力照管高鹤屋上上下下。掌柜与领班自不用论，连小伙计都不会丢掉饭碗。说白了就是想把高鹤屋整个吞下。厚颜无耻的山崎屋老板背后，分明有江季的影子。

"当然，我也会照顾好你们两位。富士之助接来山崎屋疗养，再为您单独安排一处居所安度晚年，不知您意下如何？"

最后，阿吉真真切切感受到了江季的睥睨。

"不必了，我们母子会照顾好自己。"

阿吉断然回绝，在"母子"二字上加了重音。

"好吧。"山崎屋的老板并未纠缠，毕竟这个提议对他来说也没有太大的好处。阿吉与富士之助收了三十两^①慰问金，开始了颠沛流离的日子。

他们投靠过各路亲眷，可无论去到哪里，富士之助的无法无天都一样惹人嫌，不出半年便会被赶出门去。慰问金都被富士之助用来买醉了。母子俩搬来心町时，几乎身无分文。

"津贺七还念着你和老当家对他的关照。他感慨万千地告诉我，高鹤屋不止是个落脚的地方，更是他在江户的老家。"

津贺七只见过往日的高鹤屋，想必是觉得母子二人现在的生活穷困潦倒，不忍心看到当年的老板娘沦落至此。据说津贺七追着管事问，有没有他能帮上忙的地方，以报答当年的恩情。

---

① 江户时代的货币单位，1两合4分，合16朱，合4000文。

"津贺七说，他时常出入的药材店与医馆有不少人是与老当家熟识的。若是知道了你母子二人的困境，他们兴许会出手相助。他还说，只要你点头，他立刻就去问……"

"多谢美意，我心领了……我们母子的事情就不用他操心了。"

"恕我多嘴啊，阿吉，这也是人家的一片心意，你又何必断然拒绝呢。我也知道你脾气倔，又要强……"

"不，我只是很中意现在的生活，无意改变。"

茂十盯着阿吉，不禁语塞。

她没说谎，也没逞强，面露幸福的微笑。

"为儿子……为富士之助做什么，我都不觉得辛苦。这本是母亲的职责。"

坐在茂十面前的，并不是一位被儿子的任性所摆布的可怜母亲。她就像中了邪似的执迷于自己的孩子，高举名为母爱的利刃，面目狰狞。

"可是阿吉……爹娘没法照看孩子一辈子啊。若有朝一日你先走了，他又该何去何从？孩子终有独立的一天。爹娘的职责，不就是给予他们自己站稳脚跟的力量吗？你这么待他，不就是……"

茂十堪堪咽下"养着他等死"这几个字。阿吉却全无反应。在茂十看来，她仿佛披着一层薄薄的壳。

"我们还是都别多管闲事为好。您不也有不愿他人碰触的过往吗？"

阿吉将意味深长的目光投向茂十。

"住日本桥的时候，我可是见过您的……官老爷。"

茂十默不作声，仿佛生吞了一块石头。就在他沉默不语时，阿吉起身告辞。

直到关门的响声传来，茂十才松了口气，腋下竟已渗出冷汗。

讲述母子的来历时，津贺七似是忽然想起了什么。

"不过有一件事，小的百思不得其解……"

"此话怎讲？"

"小的常去高鹤屋是十多年前的事了。后来在西边待了五年，多年未曾来过江户。"

寿兵卫去世，富士之助受伤，都发生在津贺七远离江户的那段时日。但他最后一次见到阿吉时，她已消沉得不成样子，显得分外苍老。如今回想起来，富士之助成亲后，她便渐渐没了生气。

"和那时相比，她整个人精神多了，看着年轻了不少。为母则刚这话可真有道理。"

茂十回忆起津贺七和蔼可亲的面孔，喃喃自语：

"为母则刚……母亲好生可怖。"

他拿起烟斗抽了一口，吐出掺了叹息的白烟。

"或许口口声声为孩子好的爹娘，反而不会真心为孩子着想。"

回家时，阿吉顺路瞧了瞧那棵樱花树。

见那神似冬虫夏草的蛹仍在原处，她大感欣慰。

飞蛾原本苍白的头已然干瘪，化作与壳一样暗淡的褐色。

第五章

不明之里

一个人的命运，早在呱呱坠地时便已注定。

阿叶对此深信不疑。

她胸无点墨，琢磨不出什么大道理。不过是有种模模糊糊的感觉。

家贫如洗、样貌平平、倔强如牛。

每一条都化作脚镣，沉甸甸地缠着她的脚踝。

被上天眷顾的人却能拥有羽翼，翱翔碧空。

人们称之为天运。

这地方啊，怕是找不出一个天运傍身的人。

河水吸饱了盛夏的阳光，入夜后仍冒着滚滚热气。阿叶蹲在岸边，心不在焉地想着。

夫君响亮的鼾声自大杂院传来。

阿叶的手，轻轻置于腹上。

"哼，那老不死的就知道怪我……岂有此理！"

成亲已有两年的夫君桐八每天都不厌其烦地重复着同样的抱怨。

桐八是一个制作素陶器皿和玩具的工匠，但手艺不甚精湛，干活笨手笨脚。平日里常挨谢顶师父的训斥，只得靠赌博排解心中的愤懑。可惜每月能大胜一场就不错了，这也令他加倍不爽，却是说什么都戒不掉。

他是一个骨子里懦弱的男人。在作坊挨了骂也不敢顶嘴，只得点头哈腰，回了家也没有气力说话。于是他便想在赌桌上一振雄风，好歹在妻子面前摆摆排场。即使结果不尽如人意，充斥着男人味的赌场氛围也能为他注入些许活力。这或许就是桐八与犟脾气妻子的相处之道。

阿叶当然不会忍气吞声。

"饭桶！我辛辛苦苦赚来的钱都被你糟蹋了！明天都揭不开锅了！"

"再去赚点儿不就行了？缠着男人卖弄风骚不是你的拿手好戏吗？"

"你当我乐意伺候醉鬼啊！还不是被你的赌瘾给拖累了，混账东西！"

"横什么横，你也就这点本事了。怕不是还在酒馆二楼接客呢？到底是根津花街的妓女啊。"

时至今日，这样的话语仍会深深刺痛阿叶的心。而疼痛总会激起更汹涌的怒火。她杀气腾腾地冲夫君吼道：

"你不也是我的客人，有什么资格说这话？当年是谁天天往我这儿跑的啊！"

"胡扯！谁会被你迷得神魂颠倒啊。还不是因为兜里没钱，只能退而求其次。我真正想见的……"

阿叶不想听到那个名字。她下意识抓起手边的素陶茶杯，砸了过去。极脆的杯子擦过桐八的耳朵，撞上他背后的板墙，四分五裂。

"干什么！谋杀亲夫啊！"

"要是死了就能治好你这臭毛病，我立马送你上路！"

三天一小吵，五天一大吵。发展到这个地步，不堪忍受噪声的邻居们便会出面劝阻。

"差不多该收场了吧？我家还有三个娃娃呢，最小的那个都被你俩吓哭啦。"

"都说夫妻越吵越恩爱，你俩还真是吵不腻啊……"

邻居们一边抱怨，一边说和。

"也许有了孩子就能消停些了。有闲工夫吵吵嚷嚷，不如赶紧生个孩子出来。"

邻居的无心之言，在阿叶听来却是无比沉重。

天空虽然阴了下来，午后的空气却依然闷热。

去吉祥寺门前町的"宵屋"倒是不远。穿过海藏寺横巷和四轩寺巷，沿岩槻道慢步北上便是吉祥寺。

谁知那一日，阿叶走得格外吃力，上坡时尤其喘不过气。走到离吉祥寺不过咫尺之遥的南谷寺跟前时，她终于支撑不住，蹲了下来。天气闷热潮湿，额上冒出的汗却凉得出奇。只得紧紧扒着一旁的树，撑住身子以免瘫倒。

"哎，是不是不舒服呀？"

身后传来女人的声音，但阿叶已无力回应。全身的血仿佛都坠向了脚下，喘得上气不接下气。那人似是有人陪同，说话声远远传来，奈何耳鸣得厉害，听不分明。

忽然，凉凉的东西抵在了阿叶的后颈，舒服得她不禁长吁一口气，感觉像用冷水打湿的手巾。

"还好吗？今日闷热得很，许是中了暑。"

耳边响起与片刻前同样温柔的声音。对方用凉爽的手巾擦拭着阿叶低垂的脖颈与额头。惬意的微风拂过，远去的意识渐渐归位。

"多谢……您的照顾……"

抬头望去，一张如花似玉的脸映入眼帘。对方也瞠目结舌。

阿叶也认出了那绝美的容颜。对方先喊出了她当年的花名。

"葛叶？天哪，真是葛叶？"

"明里姐姐……"

最先涌上心头的是困惑，而非怀念。阿叶本不想再见到对方。若非突发不适，哪怕在街上擦肩而过，也会佯装不识，过而不停。

却偏偏在最不合时宜的时候，遇到了最不合时宜的人，只得咒骂自己的霉运。

对方却对这场意外的重逢喜笑颜开。

是啊——她向来如此。即便置身堪比人间炼狱的花街柳巷，她的心也始终纯洁无瑕。

比起花街首屈一指的美貌，这一点更让阿叶眼红。

"葛叶，我们找个地方歇歇吧。好歹是门前町，租间空厢房不成问题……"

阿叶被昔日的花名生生拽回往昔，仿佛徐徐滑入了形似漏斗的蚁狮①陷阱。

本想抗议一句"别用那个名字叫我"，奈何此刻的阿叶是点个头都吃力。

"再坚持一会儿啊……阿舟，快去租间空厢房来。最好是小巧整洁的饭馆。"

她吩咐一旁的中年妇女，谁知对方的脸皮和下巴周围的肉一样厚。

"莫不是根津的老相识？那还是别搭理得好。瞧这身艳俗的衣裳……肯定还干着老本行呢。"

阿叶一身陪酒女侍的打扮，遭人白眼也是理所当然，却不料此人竟说得如此难听。这话更像是对明里的冷嘲热

① 脉翅目蚁蛉科昆虫的幼虫，善于挖出漏斗形状的陷阱，并以掉落陷阱的虫子为食。

讽，而非对阿叶本人的辱骂。

换作平时，阿叶定要反唇相讥，可惜眼下气力全无。

"阿舟，快去吧。"

明里略略加重了语气，中年女仆才绷着脸依了。

"对不住啊，阿舟正闹别扭呢……"

阿叶再次合上双眼，任明里的借口穿耳而过。

常有人说根津神社与根津花街好似一对姐妹。然而说来惶恐，花街的历史其实更为悠久。

确定了德川家第六代征夷大将军[1]的人选后，官府便开始修建根津神社，以供奉其出生地的守护神。由于工程浩大，大批木匠、泥水匠与架子工奉召而来，专做这批人生意的酒馆应运而生。有了酒馆，便渐渐有了招呼汉子们的姑娘。换言之，花街诞生于根津神社建成之前。在神社建成两年后，根津花街便成了吉原的眼中钉，甚至引来了官府的监管，其繁荣兴盛可见一斑。

根津花街设有神似吉原的大门，茶馆妓院鳞次栉比，连回头柳[2]和枫树下的岗哨都与吉原别无二致，吃喝玩乐的价钱却要实惠不少。虽说在江户的众多花街之中，根津

---

[1]　即德川家宣（1662—1712）。
[2]　种在花街入口附近的柳树，因客人一夜风流后在柳树下依依不舍地回望花街而得名。

168　心寂川

的地位最是低下，如今的繁闹比起吉原却也是有过之而无不及。

当年在根津艳冠群芳的正是明里。

听闻明里不到十岁便入了"三围屋"服侍姐姐，同时修行学艺。官府公认的吉原也就罢了，在根津这样的私设花街，妓院从小养大的姑娘实属罕见。

三围屋面朝根津门前町的主干道，但规模不过中等，远不及"大黑屋""中田屋"之类的大妓院，多亏有了明里才能一步登天。老板和老板娘都视她为下凡天仙，而她的才貌也确实担得起这份期望。

妓院从小悉心教养的姑娘自是学识出众，绝非十多岁时沦落风尘的女子可比。识文断字自不必说，茶道与和歌也是必修课。明里写得一手人们交口称赞的好字，音曲也能信手拈来。

十五岁的阿叶被卖进三围屋时，明里已是振袖新造①。只有边服侍姐姐边学艺的姑娘才能获得振袖新造的地位，其间无须接客。

与之相对的则是留袖②新造。阿叶这般十三四岁或是年岁再大些才入妓院的姑娘，一来便是留袖新造，日日被

———————
① "振袖"为未婚女子穿的长袖和服，"新造"是见习妓女之意，"振袖新造"专指尚未开始接客的见习妓女，日后有可能成为花魁。
② "留袖"为已婚女子穿的短袖和服。

迫接客。

花街的身份之别比外界更为严明。待遇从一开始便是天差地别，何等不公。阿叶起初咽不下这口气——

"明里姐姐的年纪比我们大，凭什么不用接客啊！哪有这样的道理！"

"休得胡言，这就是花街的规矩，"妓院的鸨母听得愕然，全然顾不上发火，像哄五岁小儿一般劝导新人，"明里姑娘不必卖身，也能挣到比你们多几十倍的银钱。不甘心就打起精神，逮几个出手阔绰的客官回来。不过就凭你这张脸……怕是希望渺茫啊。"

"你说什么！有种再说一遍，死老太婆！"

一点就着，是阿叶从小就有的坏毛病。她生来无法唯唯诺诺，逆来顺受。一动气，便是满嘴脏话。

这般暴脾气的男子都是处处讨不到好，更何况阿叶是女儿身。姑娘要有姑娘的样子，要让男人面上有光，要乖巧听话……大人千叮咛万嘱咐，说得她耳朵都长茧子了，却愣是改不掉。随着岁月的流逝，耳朵里的茧子反而越来越硬，越来越厚了。

长茧的原因，归结于"岂有此理"四字。为什么我们家这么穷？为什么爹打短工挣的钱都挥霍在了外头？为什么娘一句话都不说？为什么跟爹提两句意见就要挨打？——

十五岁那年的春天，怨气如大潮般爆发。

"姐姐要被卖去妓院了？岂有此理！赌债是爹欠下的，凭什么要姐姐还啊！"

"爹娘也是迫不得已啊……"母亲叹着气回答道。去你的迫不得已！母亲也是帮凶，因为她从未尝试过阻止父亲的荒唐。她把自己的软弱用作挡箭牌，自始至终袖手旁观。从某种角度看，母亲的所作所为比父亲更为恶劣。自不用说，阿叶为了姐姐与父亲拼死抗争。

"闭嘴！你当我乐意卖女还债啊！足足十二两，你让我上哪儿筹去！"

"下半辈子戒酒戒赌不就成了。慢慢还，总能还上的！"

"丫头片子懂个屁！"

"怎么不懂了？我可清楚得很，你就是个让女儿给自己收拾烂摊子的窝囊爹！"

话音刚落，阿叶便挨了一巴掌。挨打本是家常便饭，那日的耳光却是接二连三。打阿叶的时候，父亲的手总是烫得诡异，分外执拗，两眼也跟刷了油似的射出精光。

"死丫头，就知道顶撞爹娘！要是能留下你姐，把你卖了就好了！"

"行啊，我去就我去！这个家我是一天都待不下去了！"

你一言我一语，阿叶替姐姐进妓院的事就这么定了下来。姐姐痛哭流涕，一再道歉，却终究没有说出"我替你去"，教阿叶暗自神伤。也不知是姐姐明哲保身，还是不敢反抗父亲。

"这长相……堪堪中下等吧。长得跟棍子似的，全无风韵，送去吉原跟品川也没人要。所幸年纪还小，根津或上野山下的大妓院兴许还肯收留。"

父亲带来的"赌友"如是说。不过瞧父亲那点头哈腰的模样，对方八成是庄家的小弟。那人细细打量了阿叶一番，把她带去了根津的三围屋。

阿叶在妓院仍是终日抗争。唯一不同的是，抗争的对象变成了客官、老板和同辈的姑娘们。

"葛叶，你打的什么主意！怎能抛下客官自个儿跑了！"

"他就爱掐脖子，我可不想跟那般瘆人的家伙打交道。"

"你还有资格挑挑拣拣了？成天跟人吵架，还有谁肯来捧场？你啊，得多学学明里姑娘！"

"明里姐姐是天生丽质，哪里学得来。"

"我是让你学学人家的性情。人人都说她艳冠根津，把尾巴翘到天上都不过分，她却跟观音菩萨似的心地仁慈，多了不起啊。"

闭月羞花，慈悲为怀。有人尊她为"明里观音"，也有人按吉原的习俗称她为"明里花魁"。

"花魁生得婀娜娇媚，心地也是一等一的善良。不管来了什么样的客官，那都是彬彬有礼，诚心相待。"

"真好笑，妓女哪来的诚心。"

"收收你这张臭嘴吧。瞧瞧人家明里姑娘，她待我这样的鸨母和杂工都是极好的。"

鸨母每次说教都以明里为例，听得阿叶烦不胜烦，但她终究跟明里无冤无仇。不讨人喜欢的新人难免要遭到姐姐们和同辈的排挤。每每被推进被褥间①打骂，都有人幸灾乐祸，嘲笑她被裹在被褥里动弹不得的模样，甚至朝她吐口水。

一群女子挤在寸地尺天，日日争奇斗艳。这便是妓院的常态。造谣中伤、互相使绊子是家常便饭。表面上的风平浪静，不过是因为大家都装作没看见罢了。阿叶却偏要扯着嗓子喊"这样不对"，掀起阵阵波澜。

"我们这样的人，跟男人对着干又有何用？女人有女人的处世之道。你这人实在蠢得令人来气。"

在妓院的地位仅次于明里的白菊也看不惯阿叶。

阿叶受尽了责骂，却是依然故我。与生俱来的性情不

---

① 存放被褥的储物房。

容许她屈服。若能妥协折腰，心里该有多轻松啊——其实阿叶心底里，也早已生出了对这般性情的厌恶。

成堆的被褥散发着男人的精水味与女人的汗臭味。阿叶起初还犯恶心，但待得久了也就习惯了。不知不觉中坠入梦乡，却又被开门声吵醒。被褥间没有窗户，开着的板门透着微光，恰是天空刚刚泛白的黎明时分。

阿叶的睡姿恰似肚皮朝天的毛虫，微一睁眼，只见一张美丽的脸庞俯视着自己。

"明里姐姐……"

"饿坏了吧？给，好歹能垫垫肚子。"

拆开纸包一瞧，竟是几块形似银杏叶的干点①。阿叶没吃过，却也知道这种干点是用昂贵的砂糖压制而成，奢侈至极。

"我喂你吃吧，张嘴。"

"干什么呀，我又不是三岁小孩！"

阿叶连带着裹住自己的被子扭过身去。

"哎哟，真够灵活的。"

仅存的倔强，让阿叶催着明里把干点放在自己眼跟前。任谁受了责备都会消沉沮丧，更何况还有饥饿雪上加霜。她心想，若自己如雏鸟一般吃别人亲手喂的东西，怕

---

① 日式点心的一种，因水分少易保存。

是会当场落下泪来。

她从被子裹成的"龟壳"下伸出头，一口吃下两三块放在纸上的干点。一眨眼的工夫，糖果大小的干点便融化在了舌尖，丝丝甜味在口中漾开。

"好吃吗？"

阿叶在喉咙深处"嗯"了一声，用最快的速度让干点在口中融化。这是她从未享受过的美味。只可惜美中不足的是，吃了以后嘴里特别干。点心被扫荡一空后，明里将纸收回怀中。

"葛叶呀……望你始终如一……"

干点的粉末卡在嗓子眼，教阿叶说不出话来。

"我也只能帮上这点忙了……但无论如何，我都会在心里给你捧场的，记住了吗？"

那日的沉默无言，仿佛梗在喉头难以下咽的干点，在阿叶心头挥之不去。

虽然两人同在一家妓院，但住处相距甚远，而且明里周围总有旁人。那日过后，阿叶再也没能找到机会与她单独说上几句话，连声谢都说不了。但真正困扰阿叶的是另一件事：明里为何要说那番话？"捧场"究竟是何意？她翻来覆去地琢磨。明里哪有闲工夫偷偷摸摸跑来挖苦她？

莫非，明里同样对"岂有此理"心怀怒火——？

这个问题的答案，却令阿叶越发焦躁。

明里站在妓院的顶点，在整座根津花街都是要风得风要雨得雨。心里有委屈，亲自申诉不就是了？阿叶人微言轻，如何抗争都无济于事，但明里说的话，大家肯定听得进去。

自己纹丝不动，将阿修罗般的怒火压在心底，在世人面前摆出观音菩萨的模样。在阿叶看来，这才是天大的岂有此理，天大的莫名其妙。

许是多亏了"臭嘴葛"这个雅号，阿叶才没被扫地出门。

听说三围屋有个特别泼辣的姑娘——阿叶的英勇事迹是一传十十传百，甚至有人专门跑来妓院尝鲜。他们中的大多数尝上一回便会吸取教训，不再光顾，但也有几个口味清奇的发展成了阿叶的熟客。夫君桐八便是其中之一。

"我也想一睹明里的风采啊，可兜里的钱都不够进她的屋子。得来上三回才能一亲芳泽，搞得跟吉原似的。根津可从没有过这样的规矩。"

"我们老板非说明里姐姐不比吉原的花魁差，所以才定了这条规矩。其实吉原早已不讲究这些了，多麻烦啊。"

吉原确实有条老规矩，要想和最拔尖儿的姑娘共度良宵，就得三顾妓院。第一次叫"初会"，第二次叫"再会"，来够了三次才算"熟客"。根津不是官府公认的花街，照理说本不能摆这样的架子，但老板见明里日渐出名，便咬牙抬高了门槛。结果天遂人愿，明里更加炙手可热。

"唉……能凑近瞧瞧那张漂亮的脸蛋就好了。只要瞧上一眼，我死也瞑目了。"

"明里长明里短的，还有完没完了。"

"哟，阿葛这是吃醋啦？"

"就你这呆头呆脑的模样，谁稀罕吃你的醋啊。"

熟客们觉得阿叶快人快语，别有一番风味。

不过她骂得最狠的当属桐八。

别的熟客都至少比阿叶大出十岁，所以她本以为这是年岁相近所致。两人相处起来很是轻松，偶尔争执两句，憨厚的桐八也不至于真的动气。

"你可别小瞧我了，我也有好些阔绰的熟客呢……只不过他们都一把年纪了，个个在榻上都不中用。"

多亏了这些熟客，阿叶才能在妓院苟延残喘。但无论如何，妓女的结局都是注定的。要么年老色衰，无力还债，被送去更下等恶劣的地方，要么染上花柳病，一命呜呼。

就连三围屋曾经的"二姐"白菊，也在二十五岁后挪去了比根津更低级的花街。残酷的现实击垮了阿叶。赚得再多又有何用？只要入不敷出，债务就不会减少分毫。妓女的地位越高，衣饰方面的开支就越大。奢华的褂子、精美的发簪……所有的负担，都落在妓女本人的肩上。好容易熬够了年头，欠的债反而比原来还多，一辈子都被债务扼住脖颈，只得在破窑子里卖身换钱。这就是人们将花街比作"无边苦海"的原因所在。

一百个姑娘里，也就一两个有幸赎身，重见天日。

只有明里这个级别的姑娘不必忧心未来。毕竟有的是人愿意一掷千金替她赎身。老板也算准了这一点，用昂贵的衣裳打扮明里，好拔高赎身的价钱。

"多荒唐啊，花大价钱买一堆迟早要脱下来的东西……老板可算是掉进钱眼子里了。"

"所以人们才管妓院老板叫'忘八'啊。把孝悌忠信、礼义廉耻这八德忘得干干净净，一心只想着捞钱。对你们老板而言，明里也不过是发财的工具罢了。"

"出云屋"的老太爷年近古稀。早在成为阿叶熟客的好几年前，他的身子就不中用了。有些老色鬼一来便是又舔又摸，这位老太爷则不然。阿叶陪他吃喝聊天，他便能满意而归。

"老爷子，您起初不也是冲着明里姐姐才来的嘛？"

"这话是没错，可老板说她一个月后才有空啊。我这把老骨头也没几天好活了，实在没耐心等。正要走的时候，刚好撞见个小姑娘气势汹汹地顶撞客人。"

"您也真是个怪人，专门跑来给我捧场……我到现在都不明白您瞧上我什么了。"

"至少你很诚实，我中意的便是这一点。"

老太爷告诉阿叶，他年轻时很是好色，成天泡在吉原等各大花街。但随着年岁与阅历的增长，他眼里的花街仿佛突然褪了色一般。

"花街都建立在谎言之上。妓女的甜言蜜语也好，房中的男欢女爱也罢，说白了都是假的。到了我这个年纪啊，看什么都觉得空虚。"

阿叶不懂老人的达观，唯有一点教她深以为然。

"你们三围屋的头号骗子啊，当属明里。"

"您说明里姐姐……是骗子？"

"只骗客人也就罢了，可她连自己都骗。我总觉着她迟早是要爆发的，岌岌可危啊。"

"我好像……有点懂您的意思。"

"是吗？葛叶，你看她是什么感觉？"

"……烦。"

虽有嫉妒，却又与憎恨不尽相同。

看着明里时，阿叶常觉得喘不过气。

她向每个人投去慈爱的目光，嘴边永远挂着微笑。

不知为何，阿叶就是看不得她那副样子。做众人口中的"观音菩萨"真的开心吗？真的幸福吗？某种焦虑随着这些疑问在脑海中升腾。

"人的缺点是真心的写照。找不出她的缺点，其实是因为她封闭了内心，教旁人看不清真面目——葛叶，你是不是有这种感觉？"

搞不好真是这么回事。老太爷的一席话，听得阿叶坦然点头。

"没想到您还挺博学啊，莫不是做过学问？"

"论起对花街的了解，兴许还真算得上学者。"

"可惜上不得台面。"

阿叶的评语逗得老爷子扬起满口假牙的嘴，冲着天花板哈哈一笑。

"明里姐姐，多谢你了……我感觉好些了。"

明里命人寻了一家小巧整洁的饭馆，让阿叶在二楼包厢躺下歇了一会儿。新做的榻榻米气味清新，轻抚面颊的微风也让人心旷神怡，她似是浅睡了片刻。

悠悠转醒时，摇着团扇的芊芊玉手映入眼帘。明里好像守在一旁，为她扇风。白皙的面庞漾开如释重负的微笑。

明里属鼠，应该比属虎的阿叶大两岁。如此算来，今年恰好三十。眼前的她却是水灵如初，怎么瞧都不像是年过三旬的人。衣饰也很是考究。乍看朴素，但阿叶瞧得出来，用料都是上好的绸缎。相较之下，自己这身俗气又廉价的打扮就太丢人了。想及此处，她不禁拢了拢衣襟。

"真不妨事吗？我看你脸色还是不太好。"

"不妨事，本也不是病……"

阿叶的语气让明里似有所悟，但她没有深究，而是快活地说道：

"对了葛叶，你若不介意，何不在这儿用了晚饭再走？好不容易见上一面，就让我请你吃顿便饭吧。"

阿叶本无此意，奈何实诚的肚子渴望饱餐一顿。反正今天也懒得去陪酒了。少去一回，酒馆老板也不会多说什么。于是她下意识点了点头。

"太好了！其实我都点好菜啦，这就叫人送上来。"

明里叫来饭馆的女侍，吩咐她们准备饭菜。方才的中年女仆不见人影，许是在楼下的休息室候着。

"葛叶，你……啊，唤当年的名字，你不会不高兴吧？"

"反正也没别人，不妨事。"

情绪早已平复，再加上房中只有彼此，无所顾忌，阿叶便如此回答。片刻后，五彩缤纷的菜肴上了桌，女侍还端来了酒水。阿叶也没跟明里客气，率先拿起酒杯。

"听说我走的第二年，你也出了根津？"

"姐姐怎会知道？"

"源姐在信里告诉我的。"

过了好一会儿，阿叶才反应过来，那是妓院鸨母的名字。那位鸨母着实不像念旧情的人，不过对鸨母们而言，明里想必是最特别的一个。

"是那位常来捧场的老太爷帮你赎的身吧？"

"嗯，他帮忙还清了债，我是真的感激不尽……可惜刚过了半年，他就去世了……"

出云屋的老太爷暗示要给阿叶赎身时，明里被赎走一事仍是人们津津乐道的话题。

官府规定，妓女的赎金不得超过五百两。然而规矩是一回事，实际情况又是另一回事。据说在吉原，赎金突破千两也是稀松平常。但根津的妓女从未有过如此高价，明里应是开天辟地头一个。

赎走明里的是藏前的俸米商人①。三围屋对外宣称赎金为五百两，实际金额不得而知。谣言传得满天飞，有说一千两的，有说一千五百两的，还有人说加到了两千两。一边是富商对明里的迷恋，另一边是三围屋老板的贪婪。两者巧妙交融一番，最后敲定的金额有多高都不足为奇。对一晚上就能在茶屋花上百两银子的富商而言，这点银钱

---

① 江户时代买卖武士所领俸米的中介商。不仅在俸米买卖中赚取差价，还提供用俸米作为担保的高利贷。

本也不算什么。

"出云屋的老太爷说，他虽不及那位富商阔绰，但手头好歹有些积蓄，便跟三围屋提了帮我赎身的事儿——"

阿叶的赎身价是六十一两三分一朱。老板的一毛不拔在这"一朱"上体现得淋漓尽致。更令阿叶惊愕的是，她背上的债竟已膨胀到了最初的五倍还多。

父亲欠的赌债明明是十二两。不过十二两而已。这便是阿叶的卖身价。

十五岁沦落风尘，辛辛苦苦干了十一年，债务怎会不减反增？阿叶死死追问，老板却只说是"置装费"。明里在穿戴上花费多还说得过去，可三围屋给葛叶添置的明明都是便宜货。

岂有此理，是可忍孰不可忍。阿叶火冒三丈，一通发作。老板被她缠怕了，更何况老太爷也在场，总得顾忌人家的面子。最终，老板抹了零头，双方以六十两的价格成交。

"你还帮我多赚了一两三分一朱呢。"

刚出老板的房间，老太爷便眯眼笑道。

"老太爷，我定会竭尽所能报答您的恩情。哪怕让我伺候屎尿，我都不会有一句怨言！"

"我可没这打算。我只能帮你赎身，却顾不了你的下半辈子。"

"那……"

"今后要怎样，都随你。"

重获自由的刹那，似有微风拂过。那绝非笼罩花街的污浊腥气，而是翱翔高空的鸟儿身披的微凉清风，自在无比。

"不过你可有去处？也回不了父母身边……"

老太爷清楚阿叶的身世，若有所思。

姐姐在阿叶来到根津的第二年跟人私奔了，许是怕留在家中迟早要步妹妹的后尘。父亲的赌瘾变本加厉。不久后，夫妻俩趁夜远走高飞。赌坊老板的小弟杀来根津，威逼阿叶替父亲还债，但阿叶宁死不屈，还气势汹汹道"哪怕你们上告官府，也休想让我掏一分钱"。她是认真的，绝非虚张声势。难得妓院老板做了一回善人，居中调停，对方最终罢了手，许是怕麻烦。

"就没个心上人吗？"

老太爷话音刚落，桐八的面容忽然浮现在眼前。阿叶自己被生生吓了一跳。毕竟她一直当桐八是客官，从未有过非分之想。

"哟，看这样子是有。那就没什么好操心的了。我也只能帮到这儿了。"

老太爷喜笑颜开，阿叶却无法满心欢喜。因为老太爷的身子显然大不如前。他已是满脸病容，半年里瘦了一大圈。

"老爷子可是病了？就让我伺候您吧！万一您不等我报恩就走了，我心里过意不去啊……"

哈哈哈……老太爷抬起装着假牙的嘴，笑得格外快活。

"葛叶啊，你也不必介怀。我也不过是想赎罪罢了。"

"赎罪？……什么罪？"

"我长年流连花街，满口谎言。当过忘八的帮凶，对姑娘们始乱终弃。幸亏掌柜和伙计们靠得住，家业才得以维系。只怪我花天酒地，拖累妻儿……这些年造的孽啊，数不胜数。"

阿叶忽然想通了一条理所当然的道理。再令人艳羡的人生，也免不了愁思与烦恼。

"所以啊，好歹让老伴送我最后一程吧。"

老太爷告诉阿叶，这是他最后一次来根津。她望着比半年前明显单薄了许多的背影，久久不忍离去。回过神来才发现，泪水早已划过脸颊。

那天夜里，阿叶给桐八写了一封信。除去给客官的帖子，她平日里极少动笔。许是因为写得太少，阿叶紧张极了，写坏了近十张信纸。她在信中告诉桐八，老太爷帮她赎了身，但她眼下无处可去。

次日傍晚时分，桐八匆匆赶来。光是见到他，阿叶便已心花怒放。

"要真没地方去，干脆来我家吧。虽是间脏兮兮的破房子，但胜在无拘无束，想住多久都随你。"

阿叶下意识抱住桐八。

心町的大杂院比想象中的还要破旧，但终究是阿叶为自己寻到的第一个容身之地。

"真羡慕你呀……出云屋的老太爷和你夫君都是大好人，你可真有福气。"

听完阿叶的讲述，明里如此感叹。

"这话从姐姐嘴里说出来，听着可扎耳呢。"

"瞧你说的。你遇到了不图回报替你赎身的人，如今又能与心上人厮守，天底下最幸福的莫过于此呀。"

"我起初也是这么想的，谁知那窝囊废……我当年可是被赌鬼爹卖进妓院的，早知他好赌，我就不嫁了。拜那窝囊废所赐，我又干回了老本行……"

许是喝了酒的缘故，阿叶说了好些本不该说的话。啧……她气自己昏了头，不禁咂了咂嘴。

"莫非你还在接客？"

"偶尔……光陪酒实在挣不了几个钱。再说那酒馆做的本就是那档子生意。"

吉祥寺门前的"宵屋"就是这样一家馆子。一楼提供简单的饭菜与酒水。若是相中了陪酒女，便上楼办事。

"那孩子的父亲……"

咦？阿叶抬起头来。白皙眉宇间写满忧虑。

"可是有身子了？方才走不动路，想必也是因为有了身孕吧？"

阿叶不愿再看那张忧心忡忡的脸，无力地点了点头。她没找过产婆，甚至不清楚孩子将在何时降生，只知月事停了三个多月，也察觉到了身体的些许变化。

"你夫君知道吗？"

"没告诉他……反正我也不打算留。"

"因为你不知道孩子是不是夫君的？"

"不！肯定是他的！因为从今年四月起，酒馆的二楼就关了——"

有位捕头与宵屋老板私交甚笃，常以客人的身份光顾酒馆。他说官府近来对花街加强了管控，门前町等地的暗娼馆子也被抄了不少，劝老板近期稍加收敛，别在二楼胡来。老板听进了忠告，三月底便暂停了皮肉生意。倒也不是没有陪酒女与客人约在外头，但阿叶自那以后就没再接过客。

最后一次月事是四月初来的，腹中胎儿的父亲是桐八无疑。

"如今是六月底，孩子该有三个月了吧。"

"差不多……"

"既是夫君的孩子，又为何如此犹疑？"

"哪怕我照实说，他也不一定会信……况且……"

"嗯？"明里柔声问道。真心话脱口而出。

"万一是个女孩，怕是要走我的老路。我当年就是因为亲爹好赌，欠了一屁股债，才被卖去了花街……"

略略下垂的单眼皮杏眼牢牢注视着阿叶。

"你的孩子定能平安长大。你定会竭力抗争，断不会忍气吞声。"

"姐姐是在挖苦我呢。"

"不，我一直都很羡慕你啊，葛叶。"

明里袅娜起身，坐到窗边，透过敞开的窗户眺望屋外。红日西落，南谷寺门前町的鼎沸人声阵阵传来。虽不及吉祥寺繁华，却也是烟火喧嚣。

"实话告诉你，我最不想跟的就是现在的老爷，却偏偏被他赎走了。"

"他有这么惹人厌吗？"

"不，不关老爷的事，而是因为别的……"

明里背对着阿叶，看不到她的表情。微微耷拉的左肩，透着莫名的忧伤。

"我九岁便入了根津，对外界一无所知……出来了才知道，干我们这行的，走到哪里都免不了受人白眼。方才阿舟是怎么待我的，你不也瞧见了？别说是贴身女仆了，连最低微的婢女都会投来鄙夷的目光。"

"可不是嘛，气死人了！我们明明是为了帮爹娘和手足牺牲了自己。"

血肉至亲，互相帮助乃是理所当然。世人将这句话挂在嘴边，却又对尽了本分的女子厌恶至极。而且写满厌恶的目光，往往来自与她们一般无二的女子。

"在根津过惯了众星捧月的日子，谁知刚迈出花街一步，便成了人们口中的'从良妓'……简直是翻脸不认人……唯有一点始终未变。"

"姐姐是说？"

明里转过身来，却没有回答阿叶，而是把手放在自己的腹部。

"其实我也一样。"

"啊？莫非……姐姐也……"

"嗯，我肚子里也有了。"

明里笑容粲然，仿佛在刹那间驱散了座灯昏暗的光亮。

阿叶不禁心头一跳。她想起了昔日的明里，想起了以胭脂点缀的眼尾和嘴唇。

然而，心跳加速的缘由似乎不仅于此。震撼之中，掺杂了丝丝寒意，但阿叶不知道这透骨的冰凉从何而来。

不对劲的感觉转瞬即逝。一眨眼，明里又换回了观音般的微笑。

"所以啊，葛叶，你为何不跟夫君说说看呢？"

阿叶不知该如何回答，只得模棱两可地点了点头。

"要是能平平安安生下来，两个孩子便是同龄人呢。"

"是啊，我们可都有盼头了。"

明里的孩子虽为庶子，却终究生在富商之家，与生在心町破烂大杂院的孩子有着天壤之别。但阿叶还是被明里那写满欢喜的笑容镇住了，说不出一句像样的辩驳。

"真想再多聊会儿啊，可惜我该走了。"

明里唤女侍来结账，顺便要了轿子。

"葛叶，今天能见你一面真是太好了。许是不动明王保佑。"

"这么说来……姐姐是去南谷寺拜目赤不动尊了？"

"是呀，目白不动尊和目黑不动尊也拜过了。"

"我家那窝囊废也常去求赌运呢。"

目赤不动尊、目白不动尊与目黑不动尊被并称为"三不动"。可谁会求不动明王保佑母子平安呢？

明里许是读懂了阿叶的表情，淡淡一笑。

"我是想沾沾不动明王的光。眼下我最需要的就是坚强。"

都说不动明王有斩断迷障的神力。一个念头闪过阿叶的脑海：明里究竟在烦恼什么？

"祝你生个健健康康的孩子。"

"嗯，也祝姐姐一切顺遂……"

阿叶容易晕轿，所以谢绝了明里的好意，目送两顶轿子远去。

轿夫的号子喊得震天响，女人坐着的轿子却是摇晃不定。

不知为何，阿叶突然想起了最后一次送别出云屋老太爷时的单薄背影。

阿叶的身子迟迟不见好，打不起精神去酒馆，只得在家养着，睡了又醒，醒了又睡。

"要不要紧啊，阿叶？脸色还是那么难看……莫不是染了风热？"

桐八一反常态，对阿叶嘘寒问暖，连赌坊都没心思去了，每日准点回家。可阿叶还是拿不定主意，没敢跟他提腹中的孩子。

夏去秋来。又过了几天，阿叶终于不再头晕目眩，身上也稍微有了些力气，好不容易出了一趟门。

天色微阴，所幸闷热已退去不少，白天也不再难熬。

在心川岸边发呆时，只见有人下坡而来。

原来是管事茂十。一见阿叶，他便快步走来问道：

"阿叶，身子好些没？"

"嗯，托您的福。多谢您前些天送来的慰问品……"

热心肠的管事来探望过两三回，送了一些糖和糯米丸子给阿叶补身子。

"对了，正好有件事要告诉你……"

管事把手伸进怀里，却又突然没了动静，显得很是犹豫。

"不是什么好消息……你刚病过一场，知道了怕是不好受……"

"出什么事了，管事老爷？您可别吓我啊。"

"我之前听你夫君说起……你在根津的时候，跟明里花魁在同一家妓院？"

"是呀，没错……"

管事阴云密布的表情，让阿叶顿时生出了不祥的预感。

"这是我刚拿到的。大伙儿对花魁当年的风采记忆犹新，所以此事在门前町传得沸沸扬扬。"

管事掏出怀中的纸递给阿叶，面露忧色。

"这是……小报？"

小报正中间印着一男一女的蹩脚画像，周围挤满了蝇头小字。阿叶倒不是不识字，奈何心急如焚，懒得逐字细看。一个词语骤然跃入眼帘。

"'殉情'……上面写着殉情……难道……"

"小报就爱添油加醋，不可全信，不过……花魁殉情应是确有其事。"

"她跟谁殉情了？"

"听说是富商手下的领班，名叫槙之介。"

好耳熟的名字。拼命回忆时，脚下忽而一软，许是又贫血了。管事急忙上前，扶阿叶坐上低矮的河堤。

"要不要紧啊，阿叶？我去给你打些水来！"

管事赶去井边打水，撂下阿叶一人。混沌的思绪中，浮现出一名男子的身影。

"对了，槙之介……原来是他！"

当年槙之介时常陪同东家来三围屋。而他的东家，正是后来给明里赎身的富商。槙之介与明里年纪相仿，貌似是东家最器重的领班。他总是在东家与明里卿卿我我时忙里忙外，吩咐妓院老板与姑姑们准备酒菜，算钱结账，差事办得一丝不苟。

他为人耿直，身材精瘦，容貌生得也不错。有几个姑娘总想把人勾进自己的卧房，他却不为所动，如忠犬一般静候东家。

连阿叶都还记得槙之介，明里又岂会不认识。不，兴许两人当年便因富商相识，意气相投。

"我最不想跟的就是现在的老爷，却偏偏被他赎走了——"

明里忧郁的呢喃在耳边响起。莫非他们当年便已是两情相悦？他知不知道明里虽与别人同床共枕，目光和心却始终落在自己身上？

"我肚子里也有了——"

寒意横扫全身。细想起来，前些天见到的明里很是反常。她竟追问阿叶，肚子里的孩子是不是夫君的。

原来她问的不是阿叶，而是她自己吗？

小报写得煞有其事，说明里自知此生无缘与情郎相守，所以才想不开，还说她是被红杏出墙的罪恶感压垮了。但阿叶一清二楚——逼她走上绝路的，定是腹中的胎儿。

明里不确定孩子的父亲是老爷还是槙之介。无论怎样，她都不得不继续撒谎。若孩子是槙之介的，骗的是世人。是老爷的，骗的便是自己——

"你们三围屋的头号骗子啊，当属明里。"

出云屋老太爷的话语犹在耳畔。

明里九岁便入了根津花街，常年屈心抑志。好容易走出了根津，却仍要处处委曲求全，直至今日。

是孩子的到来让她下定决心，想对过往的自己做个了断？还是她不忍心让孩子做蒙骗世人的帮凶？阿叶不得而知。

不过是想在人生的最后时刻，朗声诉说自己的肺腑之言。

明里祈求不动明王赐予她力量，许是与阿叶的偶遇让她拿定了主意。想及此处，阿叶愈发心如刀绞。莫非那日感到的寒意，正是悲剧的预兆？

"人死一场空，姐姐你这是为哪般啊……"

"我们可都有盼头了——"

"骗子……"

阿叶喃喃自语，泪水夺眶而出，止也止不住。茂十拿着骰子回来时，阿叶已然哭成了泪人。响亮的哭声惊动了街坊四邻。

"哎哟，管事老爷，您这是闯了什么祸啊？怎就哭成这样了？"

"我、我也没做什么啊……哟，搞不好真是我害的……"

管事满脸茫然，不知所措。两旁的女眷们伸出粗壮的胳膊搂住阿叶，轻抚她的背脊，好言安慰。

细细想来，心町的街坊们极少对她冷言冷语，讽刺她的风尘出身。虽然偶尔也会遭人白眼，但由于根津离此地不远，周围有的是境遇相似的苦命人。大家的日子都过得半斤八两，一般贫苦。

想到这儿，阿叶哭得更凶了。哭着哭着，她便下定了决心。

等桐八回来了，便对他和盘托出。他若有疑心，大不了把宵屋老板拽来作证。

桐八的反应会是惊慌失措，还是欢天喜地？

"祝你生个健健康康的孩子——"

音容笑貌，犹在眼前。阿叶的脸颊上，多出一行清泪。

女眷们许是劝累了，就地唠起了家常。

第六章

黑白之间

人生在世，总有些念想耿耿在心，挥之不去。

岁月筛尽了悲叹、懊恼与悔恨，仅留愁绪一抹。

这抹等同虚无、近乎死亡的愁绪——名为寂寥。

"十二年了……"

茂十眺望河面，喃喃自语。

说来漫长，却是白驹过隙，光阴似箭。

光阴乃岁月之意——儿时教导过他的学堂先生如是说。

"岁月便是人的一生。每个人的一辈子都是光影交加。时光荏苒，转眼即逝……不过你们还小，怕是还一知半解。"

还记得那位头发花白的先生，恰是茂十如今的年岁。

本不打算在心町逗留十二年之久。本想尽快明辨黑白，眼前却仍是灰蒙蒙一片。

只见那黑白之间的人走下通往心町的坡道，从茂十背后经过，一如往常。

"榆老爹，今儿的差当完啦？"

茂十转身打了声招呼，对方却一声不吭。榆老爹顶着所剩无几的杂乱白发，半张着嘴，呆滞的目光凝在半空，乍看活像个幽鬼。然而对他而言，也许茂十才是真正的幽鬼。眼看着他若无其事地走过，仿佛谁都没见着。

　　茂十追了上去，继续说道：

　　"一眨眼都十二月了，早晚格外凉，可得注意保暖，免得染上风寒。"

　　这算什么话？满嘴虚情假意，与骗子又有何异？

　　"省省吧，管事老爷。"

　　茂十心头一凛，仿佛被人看穿了心事。

　　只见阿叶站在不远处，双手托着隆起的腹部。孩子要明年初才会降生，但圆滚滚的肚子已在竭力彰显自己的存在。

　　"人家早就糊涂啦，说什么都不顶用。"

　　"话是这么说……"

　　"想来也是滑稽，旁的都忘了个干净，却偏偏记得去神社后门的榆树那儿。不过嘛，不去就得饿肚子了。怕不是身子替脑袋记着呢。"

　　见阿叶哈哈大笑，一脸从容，茂十不由得松了口气。听说明里殉情时，她哭得稀里哗啦，六神无主。所幸五个月过后，心境总算平静了些许。

　　根津神社的后门外，有棵长得很是寒碜的榆树。树干略斜，枝叶不茂，夏日的树荫少得可怜，更别提为行人遮风挡雨了。

可老爷子愣是日日去树下乞讨。久而久之，"榆老爹"便成了他的名字。

听闻他以前都在神社的院子里"做生意"，后来被人轰了出来，这才在榆树下落了脚。

毕竟是十五年前的事了，茂十也不过是听了一些传闻。

榆老爹定居心町的原委也有些不同寻常。

当年是大隅屋六兵卫把人带了回来，还跟当时的心町管事打了招呼，说他愿给老爷子作保。那时老爷子已然痴傻，连自己的名字都不记得了。"要不就叫榆老爹吧。"于是六兵卫把人安置在了自己租下的大杂院后面的堆房。他把四房妾室养在一处，是众人口中游手好闲的窝囊废，心却是一等一的软。至少，榆老爹是多亏了他才能多活这十余载。

日复一日往返于心町和根津神社，静悄悄地离开人世，想必也是榆老爹心中所愿。

却有人偏要往一潭死水里扔石头。不是别人，正是茂十。

榆老爹的脑袋恰似眼前的河水，混浊黏糊。茂十扔了整整十二年的石头，只盼他清醒过来，却是徒劳无功。石头的重量仿佛会反弹回来，压在茂十的心头。

所以他在心町一待便是十二年。

啪！拍在腰上的巴掌，让茂十回过神来。

"管事老爷，都喊你两声啦，怎么都不应呀！"

稚气未脱的小脸蛋鼓起了腮帮子。刚迎上茂十的目光，脸上便浮现出了与年龄不相称的忧虑。

"没事吧？身子不爽吗？"

"哦，对不住啊，由佳。我就是发了会儿呆。"

茂十以假笑搪塞，却仍有耿直的疑念落在身上。他着实不太擅长跟由佳打交道。

年仅八岁的由佳格外聪明伶俐，言语犀利。为了转移矛头，茂十换了话题。

"由佳你呢？搬来心町快一年了吧？住得可还习惯？"

"嗯，还行吧。起初是吓了一跳，放眼望去尽是些破房子，不过住着倒还挺舒服。"

由佳直言不讳，但最后那句应是发自肺腑。

"天天都能见着娘，还有爹做各种好吃的。"

嘴角泛起真诚的笑意。总算看到了一抹与年龄相符的稚气，茂十宽了宽心。

看来"四文屋"的小日子过得和和美美，全然不似刚凑到一起的三口之家。

"也是多亏了你爹，我才能天天吃上可口的饭菜。回头再去你们家坐坐。"

"啊，对了！东西还没送到呢！这是你不在的时候送来我家的——"

茂十独自居住，家里也没个下人。吃饭全靠四文屋，衣物则出钱请街坊家的女眷们帮忙清洗，自己干的家务也就洒扫而已。所幸住处也就两间房，打扫起来倒也不费事。

由佳递来一封信。茂十不在家时，四文屋会帮着收信带话。无须拆看细看，他也知道信是谁寄来的。

那是每年十二月都会来的信，如年礼一般准时。

"不拆开看看呀？"

"嗯？哦，也是。"

茂十顾忌专程过来送信的孩子，拆信看了看。映入眼帘的果然还是那句老话。

勿忘赏荷之约　老时间见

字写得不算漂亮，但是工工整整，横平竖直，如见其人。

"寄信来的是我的老相识，我们算是竹马之友吧。知道这词是什么意思吗？"

“就是从小要好的朋友呗？”

“对，都是五十多年的老交情了。”

由佳惊得瞠目结舌。看来孩子再聪明，终究还是无法完全理解岁月的漫长。

每每收到信，茂十都不由得感叹一年又快过完了，痛感时间的流逝之快。

“他写信邀我去赏荷来着，这是我们每年雷打不动的习惯。”

哪有年尾赏荷的道理？季节都对不上。

由佳大惑不解地歪着头，一脸的莫名其妙。

十二月十九日。日落西山后，茂十前往日本桥的浜町。

沿浜町河畔走向千鸟桥跟前，便能看见一家小饭馆。

屋檐下挂着灯笼，上书“莲见”①二字。其实河边并无荷花，不知店名因何而来。十二月十九戌时正点来到此地会友，是始于十二年前的惯例。

“来啦，我都喝上了。”

会田锦介举起酒杯，圆脸笑开了花。茂十走到酒盘另一头，盘腿坐下，同时嘟囔道：

---

① 意为“赏荷”。

"你也真是循规蹈矩。时间地点都是早就说定了的，犯得着特意来信？"

"还不是因为你总也不来八丁堀，我才得费心提醒。你好歹是久米家的老太爷，偶尔也该回去瞧瞧才是。"

"茂十"乃幼名。久米茂左卫门——这才是他的真名。锦介也在继承家业后改了名字，但两人仍以幼名相称。

他们都生在町奉行所[①]同心[②]之家，长在八丁堀[③]。

锦介比茂十大一岁，不过两家住得颇近。两人从小上同一间学堂，去同一座道场习武。两家世代供职于南町奉行所[④]，职务也很相似。町奉行所里最受瞩目的，莫过于深入市井、衣着潇洒的捕快和直接参与断案的判官。久米家和会田家却与之无缘，专办些默默无闻的差事。

长大成人后，锦介当上了"书吏"，茂十则成了"物价监察"。书吏负责管理文书，整理判官的审问记录，并按奉行[⑤]的要求查阅记录，给出相似的惩处案例。

物价监察的全称为"市中物价监察"。不管罪犯，专管商品价格。他们将江户分为二十一组，通过里长把握物

---

① 江户时代主管行政司法的政府机构。
② 幕府下级官员，在"与力"（中层领导）手下维护城市治安。
③ 八丁堀是小吏的聚居地，因此也常作为小吏的代名词。
④ 江户旧时设有南、北两座町奉行所。
⑤ 行政事务长官。

价，定期监督，并打击哄抬物价的商家。

"住日本桥的时候，我可是见过您的……官老爷。"

脑海中忽然浮现出阿吉刻着嘲讽的笑容。

茂十并非外勤官吏，因而放松了警惕。当年他确实曾多次前往药材一条街查访物价，药材批发商"高鹤屋"的老板娘会认出他也是在所难免。

"哎，听见没？我劝你偶尔也回久米家看看。"

虽添了皱纹华发，但一双浓眉和圆润的红脸膛与儿时别无二致。拜这张脸所赐，玩伴们总拿锦介寻开心，喊他"金太郎"和"坂田锦介"①。八丁堀有教人怀念的儿时光景，却也会勾起钻心剜骨的痛苦记忆。

"久米家已不是我家了。我不去，当家的也能松快些。"

"茂十，你……"

来自走廊的人声打断了锦介。女侍端来饭菜。

"哟，鲈鱼刺身、炭烤小鲷鱼、大蚬贝清汤……着实是用了心思的。"

"莲见"是一家不起眼的小店，菜肴却做得十分考究，酒水也都是来自上方的上好清酒。

瞧着满桌的美酒佳肴，锦介兴高采烈，抬手便干了

---

① 日本民间传说中的英雄坂田金时，"金太郎"为其乳名。最为人熟知的形象是穿肚兜的浓眉圆脸娃娃。

一杯。

　　毕竟是年年都来的熟客，店家乐得行个方便。酒菜一次上齐，无人在旁服侍，以便畅谈私密之事。

　　"话说那老爷子近况如何？"

　　"还是老样子。"

　　"哦……莫非真是你搞错了？"

　　"也许吧……"

　　十二年过去了，仍是黑白难辨。若能证实自己认错了人，也不至于如此煎熬。

　　"茂十啊，我都想好了，过了年便告老还家，"锦介轻轻放下见底的汤碗，"毕竟这个年一过就五十七了，是该退了。困扰多年的接班人也总算是有了着落。"

　　锦介膝下三女，家中没有男丁，于是他便为长女招赘，想培养女婿继承家业。可惜那上门女婿行事鲁莽，难当大任。官职原则上一代而止，实则近乎世袭罔替，因此儿子、女婿之类的接班人随长辈进奉行所见习的情况比比皆是。会田家的上门女婿也跟着岳父锦介干过一阵子书吏，却迟迟不见长进。

　　"他本以为能威风凛凛地上街巡逻，没想到从早到晚都得跟文书打交道，又捞不到什么油水，自是怨声载道。"

　　外勤官吏收入颇丰，绝非别处可比。这当然得归功于武家与商户的贿赂。内勤官吏在这方面便逊色了不少，也难怪会田家的女婿大失所望。几年后，小夫妻就劳燕分飞。自那时起，锦介一直在为接班人的问题发愁。

“给老大招了个新女婿？”

“不，刚好来了门好亲事，我便把她嫁了出去。老二早已外嫁，只能让老幺招赘了。所幸这回的上门女婿是个好的。”

“不错，你也总算能松口气了。”

“是啊。”圆圆的红脸膛微微一笑，却又噘起了嘴，似是难以启齿。

“不瞒你说，我想借此机会离开八丁堀，搬去乡下养老。主意是阿萩提的。靠手头的积蓄，在乡下租间土气的房子绰绰有余。可以去根岸或向岛，白金村、涩谷村周边也行。”

阿萩乃锦介之妻，同样出身小吏人家，从小长在八丁堀，和锦介、茂十算是青梅竹马。茂十一边听着，一边点头附和。谁知聊着聊着，话题突然转向了他。

“茂十，你何不搬来与我们同住？在我和阿萩面前，你什么都不必顾忌。三个老家伙相互照应，过优哉游哉的日子多好。”

“得了吧，跟你们两口子凑一块儿不是自讨没趣吗……”

突兀的提议听得茂十目瞪口呆。正欲谢绝，却察觉对方的表情分外严肃。

"那你倒是说说，今后有何打算？你是铁了心要在那鸟不拉屎的地方终老，永远不回八丁堀了？"

"锦介……"

"我可不答应。心怀旧恨，孤独离世——我不能眼睁睁看你落得这么个下场！"

圆脸一颤，眼角甚至有泪光浮现。

世间虽大，但或许只有眼前的锦介真心实意惦记着茂十，为他的未来忧心如焚。茂十铭感五内。

"早知今日，就不该安排你去心町当管事。谁能想到，你竟在那地方困了十二年……"

"锦介，不止十二年。是整整十八年。"

锦介猛然抬头。

"早在十八年前，我便是地虫的囚徒了。"

霎时间，神似金太郎的红脸膛写满悲切。

地虫次郎吉——此人是臭名昭著的夜贼首领，曾一度闹得江户全城鸡犬不宁。

地虫①是一种潜伏于地下的虫子，会危害草木的根

---

① 即"蛴螬"，泛指鞘翅目多食亚目金龟子总科的幼虫。

部，因此又名"切根虫"。人如其名，次郎吉每隔半年就会带着手下袭击商户，将财物席卷一空。奸淫掳掠自不必说，若有人奋起反抗，他更是拳打脚踢，唯独不夺人性命。

南北两大町奉行所全力追捕，却难以占得先机，迟迟无法将恶贼绳之以法。但这些都无关物价监察的职务。任地虫如何飞扬跋扈，当时还是"久米茂左卫门"的茂十都有种事不关己之感。

身边的同僚中，唯有一人对地虫格外关注。那便是茂十之子，修之进。

修之进十五岁行元服礼，次年进入南町奉行所，随父亲见习。

会田锦介曾为大女婿心浮气躁头疼不已。修之进也是坐不住的性子，一心想跑外勤。但他不是见钱眼开，而是向往直白明了的正义——缉捕凶徒，惩恶扬善。

"父亲可有耳闻？据说年底要增派夜间巡逻的人手了。"

"应是奉行大人下的命令。毕竟年底是商户生意最好的时候，强盗格外猖獗。"

"定是冲着地虫去的，毕竟他每逢年底都会现身作案。听闻今年是无论如何都要将他捉拿归案，除了捕快们，连风火巡逻队①、堆放巡逻队②和水龙队长都被调去街上巡逻了呢，可谓是精锐尽出。"

修之进握紧双拳，两眼放光。茂十随声附和，却是左耳进右耳出，左右与己无关。在城中各处巡视本就是风火巡逻队与堆放巡逻队的本分。拉上水龙队长，许是为了调用水龙队的人手。

町奉行所掌管江户的各项行政事务，下设多个部门，职务形形色色。对从早到晚打算盘的茂十而言，"缉捕恶贼"与现实相距甚远，几乎是只会出现在戏曲中的情节。

不过各部门的职责都同样繁重。年关将至，物价监管部门也迎来了最忙碌的时节。为免学徒们碍手碍脚，修之进和其他年轻人都是傍晚时分便收工走人。茂十这样的骨干则忙得昏天黑地，回趟家都难。

一眨眼，已是十二月下旬。某日深夜归家后，茂十好不容易在妻子的服侍下用上了晚膳。吃着吃着，他忽而回过神来。

"最近都没在家里见着修之进，莫不是染上了贪花恋酒的毛病？"

"他去巡逻了。"

---

① 负责防止强风天气下的火灾、监管不稳定分子的职务。
② 负责监督木材和货物堆放情况的职务，调查码头和市场，对堆放物品的高度、宽度和外观进行管控，防范危险情况。

"什么？没听说监管也要派人巡逻啊？"

"说是和八丁堀的几个年轻人组了支巡逻队……月中就开始每晚外出巡逻了。"

"他们是擅作主张，未经奉行大人允许就去？"

"我也劝过了……可修之进非说他们不过是在街上转转，不至于受责罚。"

话是不错。听说"巡逻队"的成员不是衙门的内勤学徒，就是想建功立业的热血青年。

"老爷也劝劝他吧。万一路遇恶贼，怕是要出大事啊。我终日提心吊胆……"

妻子佳枝生怕家中独子有个好歹。

佳枝出身徒组①同心之家，性情温顺。茂十的父母在世时，她也侍奉得尽心尽力。茂十这个做父亲的公务繁忙，在家中如幽灵一般难得露面，独子修之进全靠母亲悉心教养。

许是与母亲感情深厚的缘故，修之进时常表露出稚嫩天真的一面。奈何茂十都没陪他练过几回剑，全无资格指摘。

"随他去吧。孩子都十七了，已不是能听进长辈说教的年纪。"

---

① 将军外出时徒步开路的队伍，负责沿途的安保工作。

"他才十七啊！"

妻子素来内敛，可一旦牵涉儿子，便绝不会轻易
罢手。

"修之进跟着老爷学了一年半，对日常事务已是习以
为常，因此略有懈怠，近来时常抱怨。我倒觉得眼下才是
最要紧的时候，需得多加留意才是。"

做母亲的，怎会都为孩子如此拼命？在没有经历过怀
胎十月的父亲看来，这更像是某种贪恋与固执。她们总是
自寻烦恼，颇有些"忧心子女才是母亲本分"的架势。

"修之进做这些也不光是为了自己，更是为了老爷
您啊。"

"此话怎讲？"茂十大惑不解。

"他原本一心想着子承父业，盼着得到父亲的认可。
近来却时常闷闷不乐，还嚷嚷着要亲手缉捕恶贼……我是
越来越看不透那孩子的心思了。"

不合时宜的笑意浮上嘴角。不同于长吁短叹的妻子，
茂十此刻倒能完全猜中儿子的心事。

"哦，原来如此……"

皆是失望使然。修之进以父亲为目标，不懈努力多
年，谁知父亲的现实竟是那般枯燥乏味。干着最不起眼的
差事，默默无闻。追踪的也不是盗贼罪犯，而是柴米油盐
的市价。

茂十当学徒的时候，也品尝过同样的失望。他在脑海中勾勒的，也是惩恶扬善、高潮迭起的世界。

当年的茂十虽有失落，却迅速接纳了事实。修之进则被母亲灌输了一肚子的武士精神，大失所望也是在所难免。

这种情绪恰似婴孩长牙时发的热病。假以时日，自会消退。茂十并没有放在心上。

佳枝知道夫君指望不上，便找锦介出主意。

"年轻人的烦闷，就得靠酒来排解。敞开心扉畅聊一番，自会舒坦不少。我在柳桥的饭馆安排了席面，记得来啊，茂十。"

这场朋酒之会，定在了十八年前的十二月二十五日夜里。

"来来来，今夜不必拘礼，敞开肚子喝！"

锦介笑容满面地招呼六个小伙子。席面设在柳桥的名店，桌上摆满了来自滩五乡①的上等清酒和各色佳肴。

茂十、锦介与修之进自不必说，与修之进同年成为学徒的挚友峰田穗吉也来了。除了这两个学徒，还来了四位年轻的同心。他们中最年长的也不过二十有四。

————————

① 关西知名的日本酒产地。

这六人便是"巡逻队"的成员。他们在衙门各司其职，但都是内勤。起初，六人显得很是拘谨，个个面露警惕，不时交换眼神。片刻后，修之进似是下了决心，对上座的长辈们朗声说道：

"父亲，会田世伯，我等心意已定，非要巡逻到大年夜不可。无论二位如何劝阻……"

"劝阻？哪里的话！今晚这桌席面就是用来犒劳你们的。"

锦介足智多谋，深谙与年轻人的相处之道。年轻人竭力奔走，不过是为了得到长辈与世人的认可。听到"瞎凑热闹"这样的训斥，年轻人反而会钻牛角尖。此言一出，六人顿时呆若木鸡。修之进战战兢兢地看向父亲。

"……父亲，当真？"

"不错，正如锦介所言。"

茂十朝儿子点了点头。在他看来，亲自上街巡逻无异于儿戏。但身为父亲，茂十又无比欣赏儿子的坚定和纯真。人生本是无休无止的妥协。只有经历过风雨，才能对他人的痛楚感同身受。

出自深山的清冽泉水，也是越到下游越污浊。茂十的河床上，堆积着与年岁相符的淤泥。儿子的纯净心境，也让他心生怜爱。

修之进喜上眉梢，激动得脸颊通红。多亏锦介活跃气氛，酒宴办得很是热闹。年轻人畅所欲言，后来还请了艺妓助兴，一通痛饮狂歌。

年轻人喝起酒来自是全无节制。近午夜时，六人已是酩酊大醉。于是他们包下两艘小船，每艘坐四人，走水路回八丁堀。

"雪倒像是真停了。"

坐在一旁的修之进抬头望天。昨夜今晨大雪纷飞，一行人到饭馆时，仍有残雪片片飘落。

锦介所在的小船跟在后头，传出阵阵夜深人静时分外扎耳的叫嚷："我们巡逻队定要将那可恨的地虫捉拿归案！"打头的小船倒很安静，坐在父子俩身后的峰田穗吉和另一个年轻人已是头挨着头，沉沉睡去。

驶过码头的长明灯时，岸边的浑圆黑影映入眼帘，似是雪人。江户的雪人形似纸糊的红色不倒翁。那雪人许是孩童所做，头部轮廓弯弯曲曲，活像是歪着脑袋，让人忍俊不禁。

"父亲，您可还记得？四五岁时，我同您在一个下雪的早晨堆过雪人呢。"

"嗯，记得……"

那是久米家为数不多的团圆时刻。

"母亲，瞧我堆的雪人多好看！还有雪兔呢！"

"天哪，手都冻红了。快进屋喝些刚煮好的豆沙汤暖和暖和。"

被寒风吹得脸颊通红的幼子，用自己的双手给儿子暖手的妻子，还有站在雪人旁边的茂十，皆是笑容满面。

直到此刻，茂十才痛感自己对一家三口的安稳生活心满意足。

小船自神田川驶入大川^①，过了新大桥再调头驶向西南，进入箱崎川。架着永代桥的永久岛在左手边，再走一小段便是八丁堀。

永久岛对面，也就是河的右手边则是行德河岸，来自行德^②的海盐便是在此卸下。八丁堀已是近在咫尺。

驶过行德河岸，来到河道的十字路口时——

"父亲，那是什么？"

修之进疑惑地问道。他坐在茂十左侧，抬起左手。茂十吩咐船夫暂停片刻，透过黑暗，朝儿子所指的方向望去。

只见一团蓝光盘旋于半空。

"瞧着跟鬼火似的……这个时节总不至于闹鬼吧。"

茂十一边否认，一边感到背脊发凉。"啊！"修之进轻喊一声，"兴许是地虫！"

"什么？"

---

① "大川"一词在东京指隅田川下游，在大阪则指代淀川下游。
② 今为千叶县市川市南部，在江户时代是知名的海盐产地。

"孩儿听捕快们提过，说是地虫出没时，有人在附近的河上见过神似鬼火与狐火的蓝色火光，还不止一回。火光八成出自糊了蓝纸的灯笼，许是打给同伙的暗号。"

　　"贼人岂会用如此显眼的灯笼打暗号？"

　　"人人惧怕鬼火，自不会贸然靠近。"

　　"可这一带毗邻八丁堀，贼人岂敢在太岁头上动土……"

　　"日本桥等商户聚集之处夜间有人巡视，不便下手。在此地行事则能出其不意，让官府威信扫地。"

　　幽蓝妖火出现在河道十字路口以东，距小船约一两町①远，十有八九位于面朝南新堀町的河岸。

　　阴森的蓝光忽而熄灭。修之进顿时紧张起来。

　　"不好！再不追，贼人就跑远了！穗吉，快醒醒！"

　　修之进叫醒在后排呼呼大睡的两人，命船夫在灵岸桥东头靠岸。后方的小船也随之停靠。

　　"怎么了？都快到八丁堀了——"

　　锦介随前船的四人上了岸，满不在乎地问道。修之进简要叙述了原委。

　　"神似鬼火的亮光？我怎没瞧见？"

　　"我父子二人瞧得真真切切，不会有错！"

---

①　日本旧时常用的长度计量单位，1町约为109米。

儿子灼热的目光，逼得茂十无奈点头。

"但很快便没了踪影，许是迟了一步。"

茂十心中惶悚不安。比起地虫本身，"偶遇地虫"更令他胆寒。若贼人动起真格，恐无法全身而退，儿子若有个好歹可如何得了。

"不能让他跑了！八丁堀乃官府脚下，万一让他得了手，岂不成了笑柄！"

"正是！修之进，咱们追！"

最年轻的修之进与穗吉的一番鼓舞，引得另外四人连连点头。初生牛犊不怕虎，如此无所畏惧，正说明方才下肚的酒还未醒透。胆怯是理智敲响的警钟，奈何年轻人充耳不闻，沉醉于亲手缉拿恶贼的美梦。唯有锦介站在茂十这边。

"不可轻举妄动！听闻地虫每次出动都会带上五六个手下。"

"咱们有八个人呢，还怕了他们不成！"

"贼人唯匕首护身，我等却有长刀在手，绝不会占下风。"

"那也不成！狗急跳墙，困兽犹斗，如此简单的道理，你们岂能不懂？"

锦介费尽唇舌，却没能撼动六个年轻人的决意。

其实那并非决意，而是一时冲动。唯有上了年纪的人，才能看透冲动的危险。

"修之进，咱们走！再不追就迟了！"

"还用你催吗，穗吉！"

两个学徒冲在前头，四人紧随其后。一行人沿面向日本桥川的街道向南新堀町进发。事已至此，也只能硬着头皮上了。

"锦介，你快回八丁堀通知捕头，请奉行大人定夺。"

"你呢？"

"我看着儿子。靠你了，锦介！"

年轻人的身影已然没入黑暗，看不分明。吸入胸膛的寒气绷着肺腑，勒紧心脏。今晚没有月亮。哪怕有，二十五的月亮也比指甲的前缘还细。

——拜托了，修之进，千万别出事啊！拜托了，拜托了，拜托了！

茂十都不知自己是在向谁祈求。忽然间，积雪让他脚下一滑，一头栽倒。灯笼脱手落地，在一片雪白中熊熊燃烧。

火光映出一个雪人。雪人堆得歪歪扭扭，八成也出自孩童之手。热流自胸口升起，将寒气驱散殆尽，鼻头顿时一酸。

恰在此时，街道前方传来险恶的声响。

那是怒吼与嘶喊交织而成的争吵。不祥的预感在漆黑深处迅速膨胀。

说时迟那时快，因贴着雪地冻僵的耳朵捕捉到了某种动静。

分明是两个人不断逼近的脚步声。

茂十大惊失色，挣扎起身。与此同时，黑暗中骤然冒出一个人来。

双方躲闪不及，猛烈相撞，齐齐倒地。

灯笼里的烛光，还能勉强照亮雪人的脚边。

茂十睁眼时，清清楚楚看到了近在眼前的那张脸。因为他仰面朝天，对方则刚好摔在他身上。

倍显和善的浓眉与射出精光的双眼格格不入。油腻眸光与塌鼻薄唇的组合也显得极不协调，将相貌衬托得分外凶恶。

此人并未像寻常窃贼那般身着夜行衣，而是撩起后襟，穿着细筒裤，以手巾裹头。

正是这身打扮，让此人格外惹眼。全身上下散发的邪恶气场，绝非寻常衣着所能掩盖。

直觉告诉茂十，此人定是恶贼。

贼人眼中，分明有幽蓝的鬼火。那颜色和方才看到的灯笼别无二致，直教人联想到非人邪物。贼人右手所握的匕首闪着凶光。

小命不保！茂十察觉到明显的杀意，毛骨悚然。

"恶贼地虫，给我站住！休想逃！"

喊声好似从天而降的辟邪之箭，驱散了淤塞的杀意。

"修之进！"

"父亲！"

修之进手握长刀。茂十从未见过儿子如此可靠的模样。

不等修之进举刀，贼人便已闪到一边，可谓身轻如燕。

此人八成就是地虫次郎吉——茂十越发笃定，好容易才站起身来。直到此时，他才伸手摸向腰间之物。只怪他十年来懈怠武艺，拔刀都不利索了。

哪怕心里打鼓，只要长刀出鞘，便能在战场上掌握主动权。眼看着手握匕首的次郎吉被两把长刀前后夹击，进退两难。茂十心想，大局已定，胜券在握。父子二人齐心协力，一举拿下闹得江户人心惶惶的恶贼。佳枝定会欣喜若狂——扬扬得意的美梦，生出了一瞬间的麻痹大意。

也怪父子俩一心盯着地虫，没能及时察觉。只见修之进身后的黑暗中冷不防蹿出来一个年轻人，一把抱住他的腰。

"头儿，快跑！"

"齐助！"

"修之进！"

地虫与茂十同时出声，同时冲上前去。修之进奋力扭动身躯，试图甩开贼人。许是雪鞋打了滑，眼看着两人齐齐歪倒。

只听见嗖的一声，鲜血溅上白雪。

霎时间，雪人的后背殷红一片。乍看都分不清是谁的血。

片刻的死寂后，次郎吉的恸哭响彻天际。

"齐助！齐助——！"

两人倒地时，修之进的刀刃划开了年轻贼人的脖子。

儿子的双手哪里沾过人命。双颊浴血的修之进瘫坐在雪地上，茫然看向血迹斑斑的尸首。

就在此时，黑暗笼罩了一切，恰似舞台暗转。

在雪人脚下苟延残喘的烛火忽而熄灭，仿佛是被地虫的怒火所压倒。

"畜生！竟敢动齐助！受死吧！我要你陪葬！"

写满仇恨的吼声破空而来。

茂十一遍遍呼唤儿子的名字，却终究没盼来一声回应。

一天过去了，噩梦仍未终结。眼前的一切形色尽失，模模糊糊看不分明。

抱着修之进号啕大哭的穗吉。锦介带来的帮手。用木板抬进值班小屋的两具尸骸。

"当务之急是查明久米修之进遇害的经过。可是他先斩杀了那名叫齐助的年轻贼人？"

"下官认为修之进并非刻意斩杀。"

茂十回答着判官的问题，只觉得自己的声音无比遥远。

没了气息的修之进与年轻贼人倒在一起的景象在眼前挥之不去。年轻贼人被刀划开了右颈，修之进则被人用匕首从后颈捅穿了喉咙。茂十几乎是眼睁睁看着儿子身亡命殒。

片刻后，峰田穗吉等人提着灯笼赶来，发现了两具惨不忍睹的尸骸，外加瘫坐在旁的茂十。多亏他们现身，茂十才捡回了一条命。只见地虫一个转身，飞也似的逃了。

"怎会……怎会如此啊……"

妻子垂眸看着爱子遗骸出神的侧脸，都跟罩了一层雾气般朦胧不清。

锦介思虑周全，命人为修之进整理遗容，脖子上也缠了厚厚的白布。即便如此，爱子双目紧闭、不再言语的模样，于佳枝而言仍是无边噩梦。

葬礼将于明日举行。阿萩与会田家的亲眷替失魂落魄的夫妇操办了一切。然而，没人能替茂十受审。

半天过后，除了事发时不在场的锦介，包括茂十、穗吉在内的六人都在这日午后接受了审问。

　　"听闻尔等未经奉行大人允许，擅自组织巡逻队在城中四处游荡，昨夜酒宴结束后，在回家路上碰巧发现了地虫及其手下？"

　　"确如大人所言……"五个年轻人垂头丧气道。

　　"都怪下官不知轻重，急于立功……稀里糊涂害死了修之进……"

　　峰田穗吉哭着向判官与茂十谢罪。

　　"怪下官不听久米大人与会田大人的劝告。"

　　"我等愿承担一切责罚，请不要怪罪茂左卫门大人……"

　　"奉行大人自有裁决，休得插嘴！"

　　同心们忙为茂十开脱，惹得判官厉声大喝。五人嗒然若丧地退下后，判官将茂十唤来身侧。

　　"方才那般呵斥，不过是想让他们长点记性……停职一个月应该就差不多了。主犯是逃了不假，但他们到底还是揪住了地虫次郎吉的尾巴。"

　　次郎吉带着几名手下逃之夭夭，但穗吉等人好歹抓住了地虫的一名手下。判官表情一松，投来怜悯的目光。

　　"奉行大人也清楚那是修之进以性命立下的功劳，断不会责罚于你。"

茂十无所谓年轻同心的袒护，也不在乎判官的温情。

现实中的一切，都如沙子一般流淌而出，仅剩一张面孔。

"茂左卫门，你可有看清次郎吉的长相？"

"一清二楚。"

"好，即刻命人画像。"

次郎吉的画像于当天出炉。贼人的面容也更加鲜明地刻在了茂十的心口。

被捕的手下负隅顽抗，所幸奉行征得老中①许可，对其严刑拷问，好不容易打听出了贼人在江户的几处窝点。

捕吏尽数出动，在逃的五名手下全部落网，主犯次郎吉却始终下落不明。不过自那时起，江户再也没发生过疑似与地虫有关的劫案。次郎吉就此销声匿迹。

地虫悄然潜入地下，逐渐被世人遗忘。

再次看到那张脸时，茂十惊得停止了呼吸。

恶贼竟成了根津神社后门外榆树下的乞丐，人称"榆老爹"。

那日的一幕幕，都似烙印般牢牢刻在茂十的脑海。

夏末时节——午后的阳光气势汹汹，烤得地面升起阵

---

① 江户幕府的职名，直属将军的政务最高负责人，一般由四到五人组成内阁，首席老中相当于今天的日本首相。

阵哀叹般的热浪。

怎就来了根津神社？茂十全无记忆。

许是无所事事，仅此而已。他将当家之位让给亲戚，挂冠而去。由于夫妇二人均为养子，在八丁堀也没了容身之地，只得日日出门闲逛。逛着逛着，便逛到了神社。

来了神社，却没有进殿参拜。反正也别无可求。

不知为何，他在院里转了一圈，却未返回正面参道，而是绕去了后门。许是懒得走那大白天也不肯轻易放走一个客人的根津花街。

走过树木环绕的院子，钻过后门。火辣辣的阳光毫不留情，大有烤焦草帽的势头。走上烤得滚烫的街道时，茂十才察觉那人的存在。

瘦弱的榆树下，坐着一个头裹手巾的男人。

身下没铺草席，但八成是乞丐。跟前摆了一个破茶杯，里头有些许零钱。

心头并无触动。之所以动施舍的念头，也不过是因为无聊。茂十弯下腰，往破茶杯里放了两三文钱。

"多谢恩公……"

手巾裹着的头随声抬起，映入眼帘。

目光相遇时，茂十五雷轰顶。这形容绝无夸大。

"你……"

手的反应快过嘴。他一把揪住对方的胸口。

"你是……地虫次郎吉！"

那是他毕生难忘的脸。荏苒光阴，也绝无法冲淡那张刻在眼球中的面容。

"总算找到你了，次郎吉！这回你休想再逃！你还欠修之进一条命，休得抵赖！"

裹头的手巾落了地。白发稀疏的小脑袋摇摇欲坠，活像一个木偶。蜡黄混浊的双眸中唯有恐惧，全无生气。嘴里只剩两三颗牙，嘴角松松垮垮，耷拉着口水。

无论从哪个角度看，都是一名可怜的痴傻老者。可这张脸分明是……

"榆老爹！"

背后忽有人声响起。

"求您高抬贵手啊，大人！"从街道尽头赶来的男子急忙劝阻，"这老头若有失礼之处，小的替他赔个不是。他年纪大了，人也糊涂了，说话都不利索……求大人宽宏大量，饶了他这一回吧！"

男子不敢对武士动手，只得以头抢地，苦苦央求。那可怜巴巴的模样反而让茂十更加恼火。但他也只得接受恳求，松开了手，随即如泄愤般厉声责问扑向老者的男子：

"你认得他？他姓甚名谁，家住何处？给我如实招来！"

男子颤抖着回答道：

"小的也不清楚他的真名……来心町的时候，他已是这副模样了。大伙儿都喊他榆老爹……"

　　"榆老爹……心町？"

　　"小的名叫稻次……在前头开了家叫'四文屋'的小饭馆……"

　　"你们都上当了！此人恶贯满盈，暗地里定是为非作歹！"

　　稻次顿时就蒙了，看着茂十一脸茫然。

　　"不能啊……小的每日去豆腐店进货都走这条路，没一日见不着榆老爹的……刮风下雨他都照来不误，大伙儿劝都劝不动。"

　　据说榆老爹定居心町已有两年半了，终日以痴傻的面孔示人。稻次坚称榆老爹不过是长得像恶贼罢了。

　　"求大人高抬贵手，放过榆老爹吧！"

　　——此人也是恶贼的同党？莫非"心町"已成次郎吉的贼窝？

　　倘若真是如此，再纠缠下去也无济于事。双方争执不下，已引来不少路人围观，但茂十又岂能眼睁睁放跑仇敌。

　　"走吧，看来是我认错了人。"

　　茂十姑且放走了他们。稻次连连鞠躬，催榆老爹回去。茂十暗中尾随，来到千驮木一角的洼地。

放眼望去，一片寂寥，简直与垃圾堆无异。

"地虫那厮……竟潜藏在这种地方？"

黄昏未至，周围便已是一片昏黑。晦暗笼罩的街道，于地虫而言倒是恰如其分。

茂十即刻赶赴南町奉行所。虽已辞官，但共事多年的情谊仍在，他如愿见到了五年前的那位判官。

"确定那榆老爹就是次郎吉？"

"千真万确！请大人尽快下令缉拿！"

"嗯……"判官沉吟片刻，抬眼瞥了瞥茂十，"好，且待我打点安排。"

"……还等什么？再等怕是又要让他跑了！"

"此事急不得。没有证据又岂能拿人。我这就派人前去核查。"

"证据还不够吗！自那日起，我时刻将那张脸铭记在心。他就是次郎吉，绝对错不了。我的眼睛便是铁证！"

判官用鼻子长叹一声，望向茂十。

"所以才记不得啊，茂左卫门。见过次郎吉的唯有你一人。你可知这意味着什么？"

"大人是疑心我认错不成？"

"不。万一……我是说'万一'。万一你将不相干的人错认作次郎吉，官府也无从核实……"

"说到底，大人还是不肯信我？……"

茂十紧攥膝头，指甲几乎要将布料抠出洞来。

"茂左卫门，你这些年似是清减了不少……"

声音透着忧色，眼中流露出怜悯。

"该给夫人办三周年法事了吧？"

"……蒙大人记挂，就在下月中旬。"

"哦……接连遭遇变故，着实难为你了。"

两年前的初秋，妻子佳枝撒手人寰。她掉进了八丁堀东面的龟岛川，也不知是意外还是寻死。

"你明明在场，怎会出事？怎就偏偏在你眼皮底下出了事啊！"

佳枝的责难无休无止。好好的儿子怎么就这么没了？她翻来覆去地问，却总也得不到答案。最终，怨恨的矛头指向了身边的茂十。

独子的离世，是妻子无法承受的重创。起初，她尚有气力责怪夫君。

然而对茂十而言，佳枝的责问无异于往他每天照镜子时都能看到的丑陋伤痕吐口水。毕竟最懊悔的人，就是茂十自己。

修之进的一周年忌日过后，茂十过继了佳枝的侄儿夫妇。许多亲戚强烈反对，认为应过继久米家的血脉，但茂十行使当家之权，力排众议办成了此事。

他逢人便道，这是为了补偿妻子。但那不过是表面上的理由。

　　他是一心想逃，一心想爬出充斥着佳枝怨言的阴暗宅邸。他将妻子托付给养子夫妇照顾，自己则在南町奉行所附近租了一间小房子住。

　　五天一次，十天一次，每月一次……回八丁堀的次数越来越少。

　　养子夫妇对佳枝体贴入微，可她惨遭夫君的抛弃，连怒火都无处发泄。世间最残忍的折磨莫过于此。佳枝的心逐渐被病魔吞噬。她时而终日恍惚，时而跟着了火似的喊胡话。

　　为何他不像妻子那般陷入疯狂？莫非是父爱不及母爱？茂十左思右想，最终得出结论——

　　因为地虫次郎吉仍在人间的某处苟延残喘。

　　尚未落网的恶贼恰似泼头冷水，令茂十分外清醒。这是何等讽刺。

　　修之进出事三年半后，佳枝也走了。

　　佳枝趁家里人不注意溜了出去，命丧黄泉。侄媳痛哭流涕，不住地道歉，怪自己疏忽大意。茂十却暗暗松了一口气。

　　因为他不必再看着妻子一天天崩溃下去，从此摆脱了养家的桎梏。

佳枝的尾七过后，茂十便将当家之位传给了养子。

"茂左卫门，修之进是几时出的事？"
"五年半前。"
"换言之，你见到次郎吉距今也有五年半了。"
判官忧心的并非记忆的减退，恰恰相反——
八丁堀是弹丸之地，久米家的情况，想必判官也有所
耳闻。
也难怪他没有立即派人前去缉拿。
判官不是不信茂十的记忆，而是疑心他的判断。他以
最悲惨的方式失去了妻儿，至今为过去的悲剧所困。执念
附体、一心报仇的模样，在旁人眼里显得分外疯狂。
"我定会将此事放在心上，尽早派人核查，妥善
处理。"
得知只能回去等消息，茂十的心便凉了半截。
结果也不出所料。判官派属下赶赴心町，打着查验身
份的旗号深入排查。上至管事，下至居民，都查了个遍，
但绝口不提"地虫"二字。然而，除了几名居无定所之
人，并没有发现任何可疑分子。
街坊们异口同声：榆老爹是三年前的十二月来心町
的，一直稀里糊涂，从没清醒过一回。
"而且将那老者带回心町的是个叫大隅屋六兵卫的商

人。他在驹込做青果批发生意，家底殷实，没有理由包庇盗贼，也不可能参与地虫团伙的恶行。"

几天后，判官召见茂十，告知调查结果。

"老实说，我也想过按你的证词强行缉捕。那件事也梗在我心口。修之进年纪轻轻，却惨死在地虫手上，任谁都咽不下这口气。"

这定是判官的肺腑之言。除暴安良，本也是判官的本分。

"反正那人老糊涂了，不管三七二十一，直接把人抓回来，就当他是'地虫次郎吉'，依律查办，倒也不费吹灰之力。只可惜……奉行大人不肯答应。"

南町奉行所在去年新换了奉行大人。新上任的奉行大人自然也听说过在江户臭名昭著的"地虫"，但毕竟与这恶贼无冤无仇。从某个角度看，他做出了极其正当的决断。

"坚称那昏聩老者是当年的恶贼，也只会招人耻笑。奉行大人有命，不再追查此人。"

来到八丁堀时，无尽的沮丧已然化作坚定的决意。

茂十过家门而不入，拜访了休沐在家的会田锦介。

"监视那老头？就凭你一个，哪里顾得过来！"听闻茂十的打算，锦介瞠目结舌，"更何况奉行大人已有定夺，岂能容你违抗。"

"我早已辞官。"

"那就更不能违抗官府了。茂十啊，你就该照照镜子。"

红润的圆脸眉头紧锁。

"都瘦脱相了，跟病人没什么两样，判官肯搭理你就不错了。"

"他就是地虫次郎吉！"

锦介挤出一声叹息。到底是四十多年的老交情。茂十有多固执，他再清楚不过。

茂十也知道，监视疑犯绝非一己之力所能完成的任务，帮手必不可缺。但养子夫妇定会阻拦，久米家的下人怕是指望不上。他们毕竟还年轻，能理解茂十心中有恨，却无法苟同他对往昔的沉湎。所以茂十才找上了锦介，想问问会田家能否出几个下人，不然就走奉行所的关系借几个捕快小厮一用。

"哪怕孤军奋战，我也要盯死次郎吉。无论耗上几年，都要揭穿他的真面目。"

锦介许是看透了茂十的心思，明白再多的劝阻已是无济于事。他沉思片刻，开口说道：

"我有个主意。去心町查访的人说，那地方有些隐情——"

"隐情？"

"莫急，不是你想的那样。心町虽然在千䭾木，却并非寻常商人工匠的聚居地——那本是大名家的领地。"

心町西侧有座大名宅邸，与心町隔着一座形似断崖的后山。据去过心町的同僚推测，许是很久以前发生过地震或暴雨，致使宅邸院落的一角坍塌下来。崖下有条通往农田的小河，人称心川。不知是天然河道，还是为宅邸池塘开凿的排水渠。

不知从何时起，人们在与千䭾木接壤的心川两岸洼地定居下来。久而久之，那一带便成了"心町"。

锦介向茂十讲述了心町的由来。

"所以心町虽有人居住，但不归町奉行所管。"

"那便秉明大名家……"

"糊涂，那岂不是自找麻烦！"

大名家怕也不知道自家领地的角落里寄住着一群穷人。也许是有所察觉时，一切都太迟了。以大名的权势强行赶走心町居民倒也不是不行，但着实有伤体面。幕府一旦得知，大名家恐因多年疏忽受到责罚。

"这种地方出了人犯，大名家的面子要往哪儿搁啊！"

"莫非……这便是奉行大人不再追查的原因！"

"真相不得而知，但也并非全无可能。衙门贸然查访大名领地，传出去也不好交代。"

"地归谁管又有什么要紧！潜伏在心町的是个杀人不眨眼的恶贼啊！"

见茂十雷霆大怒，锦介只得劝酒。醉酒之人难免话多，对次郎吉的怨言更是滔滔不绝。锦介耐心听完，道出自己的盘算。

"你的脾气我清楚。好不容易抓住了地虫的尾巴，断不会轻易撒手。话虽如此，找几个帮手自心町之外盯守也不现实。"

"锦介，有话直说。"

茂十早已喝醉，却仍鞭策着迟钝的头脑，催锦介说下去。

"既然不能从外头盯着，那便进里头去！何不化身为心町的居民，住到疑犯身边？"

"哦……你是让我埋伏在心町，暗中调查？"

"刚好有个合适的职位。茂十，你去当心町的管事吧。"

这个提议听来突兀，但锦介似是胸有成竹。

"毕竟不是正经住人的地方，管事也并非由里长任命，这便有了可乘之机。"

管事与房东通常为地主与大杂院的所有者所雇，但心町由人们多年来自发建造的小屋拼凑而成。心町大杂院的特殊一目了然，每间各自独立，而非将一栋大房子分隔成若干小房间。木材、门窗与壁土各不相同，连房龄都参差不齐。许是人们将一间间小屋建在了两侧围墙的缝里，久而久之便形成了大杂院的格局。

"如今的管事并无正式官衔。他说自己不过是个乐于助人的热心肠，所以街坊们才以管事相称。他年事已高，只盼着叶落归根，正缺一笔盘缠。"

茂十总算听明白了。锦介的点子确实不错，堪称绝妙。

只要给够盘缠，茂十便能成为下一任管事。只需提前编好借口，说自己是老管事的旧相识，来心町是受他之托，一切便是合情合理，绝不会引起怀疑。

"锦介，干得好！这点子妙极了！"

"好你个势利眼。唉……都多少年没见你这副模样了……"

由衷的欣慰，浮上圆润的红脸膛。

一夜过后，茂十迅速行动起来。他差人拜访老管事，暗中约见，奉上丰厚的盘缠，挑明来意。

"东家是生意人，派小的过来考察一番，好在心町多建几间整洁的大杂院，届时此地定会宜居不少。"

茂十打扮成百姓模样，对"抓贼"一事更是只字未提。

谁知老管事竟面露难色。

　　"还请高抬贵手。"

　　"有何不妥？"

　　"街坊们付不起房租，定会流落街头。"

　　"东家绝非残暴不仁之辈……"

　　忧郁的目光落在茂十身上。是他小瞧了老管事，以为那就是一个自说自话管起了破烂大杂院的热心人。他很快意识到，自己的谎言怕是骗不过人家。

　　"管事，您老人家是真把心町放在了心上。"

　　"在旁人看来，这地方活像个垃圾箱。又脏又臭，乱七八糟。可垃圾箱里啊，装满了人。"

　　"是人过日子的地方啊……"

　　妻儿的笑容莫名浮现。这是近几年来未曾有过的。

　　"实不相瞒，小儿于数年前意外身故……内人也随他而去。自那时起，连呼吸都成了煎熬。"

　　连锦介都未曾听过的丧气话脱口而出。

　　"也许我早已是一具行尸走肉。苟活于世的每一天，都是无尽的痛楚。"

　　若能与妻子一样，让心灵摆脱肉体的束缚，那该是何等轻松。但他终究是久米家的老太爷，万事身不由己。头脑、身体和心灵被生生撕成三瓣，终日苟延残喘。反倒是地虫的出现，将三瓣归拢到了一起，想来也着实讽刺。

"对不住，方才没说实话。恕我无法对您和盘托出，只能告诉您，我有一件事无论如何都要在心町办成。我绝不给街坊们添麻烦，定会用心做个好管事——"

茂十深鞠一躬，恳请老管事成全。

"行啊。不问来历，本就是心町的规矩。"

"……您真答应了？"

"在此地从头活过，倒是再合适不过。"

老管事露出菩萨般慈悲的微笑。

"从头活过……"

十二年过去了。这些天，茂十时常想起老管事的面容。望他在故乡寿满天年……茂十默默祈祷。

"回来啦，榆老爹。这么大的雪还出门呀？"

莲见之会，已是数日之前。

雪从昨日深夜下到了今日中午。光脚踩在地上，积雪甚至能没过脚踝。茂十以木屐开路，和路过的榆老爹打了声招呼。

"我得了些炒豆子，要不要一起吃？"

雪是停了，但天空依旧阴沉。所幸没起风，傍晚不至于太冷。摆在外墙边的旧折凳略有些歪。茂十拂去凳面的积雪，扶榆老爹坐下，自己也往旁边一坐，又将半碟豆子倒在他的右手心。

榆老爹的右腿有些跛，右手也不太利索。

莫非中风过？痴傻说不定也是中风所致。

心川在皑皑白雪上划出一道松垮的口子。

不知出自谁手的雪人孤零零地立在对岸。

直至今日，茂十仍无法直视白色的雪人。他身子前倾，双手抱头，将它排除在视野之外。呼出的大口白气，仿佛都在微微发颤。

"榆老爹，我可真羡慕你。一切都忘了个干净……"

咔滋咔滋……回应茂十的，唯有吃豆子的声响。牙明明不剩几颗，吃东西倒是灵巧。

"十八年过去了，我却还是老样子。儿子一走，就一步都挪不动了。老管事还让我从头活过呢……"

计划的推进比预想中的缓和许多。这固然得归功于老管事的语重心长，但茂十最担心的还是稻次。

发现榆老爹那日，四文屋的前任店主稻次竭力维护。他是唯一一见过茂十的心町居民。照理说，见昔日的武士换了一身百姓的打扮，当上了心町的管事，他定会起疑。本想先嘱咐几句，以免计划败露，谁知稻次痛快地接受了茂十，直教人猝不及防。

"听说您是老管事的熟人？小的在前头开了家小馆子，有空来坐坐呀。"

稻次一脸和善地跟茂十打了招呼，之后也没表现出丝毫异样。在神社后门初见那日，茂十确实戴了草帽。稻次许是没认出自己，要么就是忘了……茂十不禁松了一口气。

不过刚来的那两三年，他也在愤怒的驱使下干了不少荒唐事。时而把人拽去僻静之处威逼恐吓，时而絮絮叨叨骂上一整夜，还动过几次手。

回想起那时的所作所为，茂十羞愧难当。他以和蔼管事的面孔示人，背地里却一个劲儿地折磨老人家。

此人恶贯满盈，杀子之仇不共戴天，用什么手段都不过分——

但他不过是仗势欺人，欺负一个痴傻可怜的老者罢了。那时的他只顾自己痛快，以种种借口开脱鬼畜般的行径，甚至没有一丝负罪感。

茂十不再折磨榆老爹，也并非因为洗心革面。任他如何逼问，榆老爹都只是榆老爹。没有变回次郎吉，也没有要逃跑的迹象。耐心耗尽，只得作罢。

直至今日，榆老爹仍介于黑白之间。茂十比先前更加确信，那就是事发当晚自己见过的脸。然而，次郎吉的心早已不在那具躯壳之中。

并非灰色，而是灰烬。

茂十眼前，唯有一具坏事做绝、烧尽成灰的残骸。

化为灰烬的又岂止榆老爹。茂十亦然。

罢手吧。离开这里，忘掉榆老爹和次郎吉……茂十一遍遍劝说自己，却总有难以名状的空虚感汹涌而来。他早已是一具空壳。心中唯一的支柱，便是对次郎吉的执念。一旦拔除，他定会土崩瓦解，化作灰烬——

　　次郎吉早已在他心头扎下了根。哪怕他已不是当初那个人了，茂十也无法离开榆老爹栖身的心町。停止暴行后，他曾一度对榆老爹不理不睬。

　　"早啊，榆老爹。"

　　约莫一年后，他才开始跟人家打招呼。作为心町的管事，与榆老爹保持适当的距离，正常接触——这便是茂十做出的妥协。早晚见面打招呼，外加对老人家理所当然的关照。天热了借斗笠，天冷了借棉衣。"生意"不好，便往破茶杯里添几枚零钱。

　　某天夜里，茂十照常去四文屋解决晚饭。稻次端来一碟闪闪发亮的竹荚鱼刺身。这可是四文屋难得一见的佳肴。

　　"哟，好东西啊！"

　　"进得不多，特意给您留了一份。"

　　"这算管事的福利？"

　　"谢谢您平日里对榆老爹的关照。"

　　筷子顿时僵在半路。稻次果真还记得？——茂十恍然大悟。

不吭声，是怕被牵扯进来？不，当日稻次不惜顶撞武士，也要护着榆老爹。

"不问来历，本就是心町的规矩。"

老管事的话语浮上心头。

稻次神色如常，也没有多说一句。

"在此地从头活过，倒是再合适不过……"

茂十用只有自己听得到的声音喃喃道。许是加了太多生姜，刺身的余味很是辛辣。

咔滋咔滋……榆老爹嚼着豆子。

茂十时而像这样留下榆老爹，聊些无关紧要的闲事。不知不觉中，习惯成自然。

"发小邀我同去乡下养老来着，多好的主意啊。我也该走了。是时候放下对你的执念了。"

心川的冬景颇有韵味。深绿色的河面分外雅致，与雪白的岸边相映成趣。

"刚好到年底了，过了年搬也吉利。搬去哪儿好呢……根岸门槛高，涩谷村又太远了。要不还是去向岛？前阵子还有算命先生说，往辰巳方位去能开运呢。"

本也不指望有回应。多个人听着，总比自言自语有劲些，仅此而已。

"在外头坐久了怪冷的。走吧，送你回去。"

两人走向四女同住的六兵卫大杂院，榆老爹住的堆房就在大杂院后方，只听见堆房附近传来叽叽喳喳的说话声。

"好热闹呀。阿力，你们四个凑在一起做什么呢？"

"哟，这不是管事老爷嘛。榆老爹也回来啦。来得正好，我们刚弄完，瞧！"

六兵卫大杂院中最年长的阿力回答道。她许是在外头待了很久，鼻头冻得通红。

四人中年纪最小的湖代兴冲冲道：

"是我们几个一起做的，给榆老爹找个伴儿。"

个头最大的阿文缓缓让开。

硕大的雪人映入眼帘。

不愧是雕刻匠阿力的杰作，雪人堆得很是壮观。几乎与人一般高，上窄下宽，轮廓圆润，堪称雪人中的极品。

茂十的胸口隐隐作痛，但没在她们面前表现出来。

"阿力姐姐，还没完呢，得披上这个才像不倒翁嘛……这下就大功告成啦。"

大杂院的二姐阿艳为雪人披上红衬衣。霎时间，雪人的头到后背一片猩红，恰似血色。茂十顿感反胃。

"哎，这是怎么了？没事吧？撑住啊！"

阿力关心的却并非茂十，而是一旁的榆老爹。

皱纹中的双眸几乎崩裂，没牙的嘴也张到最大。他凝视着雪人，身体跟打摆子似的颤抖不止。

"榆老爹，坚持住……"

"齐……助……"

"……啊？"

"齐助——齐助啊——！"

那是从心底挤出的呼喊。只见榆老爹双膝跪地，身体前倾，对着地面一遍遍呼唤同一个名字，仿佛要将亡魂自地府召回。

茂十找到榆老爹已有十二年了。从痛失爱子算起，便是整整十八年。

苦等多年的良机从天而降，一时间难以置信。

"剩下的交给我，你们都进屋去吧。"

茂十支走满脸忧虑的女眷，扶着榆老爹进了堆房。

堆房约莫三帖榻榻米大，深处有个铺着木板的小房间，勉强铺下了一床被褥。那褥子又薄又硬，是六兵卫大杂院淘汰下来的旧货。茂十姑且扶着榆老爹坐上褥子，自己则坐在被褥脚边。

屋内不过小灯一盏，暗如黄昏。

榆老爹已不再叫嚷，却跟着了魔似的喃喃自语，确实和平日里有所不同。茂十缓缓发问，生怕错过难得的清醒时刻。

"次郎吉……齐助可是你的手下？"

低垂的头颅骤然抬起。双手死死揪住茂十的两袖。

"齐助……死了！被人害死了！"

话音刚落，茂十便觉热血上头。

"……被人害死了？害人的明明是你！"

"我儿子死了！被人害死了！"

"错了！明明是你，是你捅死了我儿修之进！是你杀了他！"

"齐助，齐助……你怎就死了呢……"

简直鸡同鸭讲。茂十都快疯了。修之进死了，是次郎吉夺了他的性命。可此事因何而起？因为修之进手中的刀，劈死了地虫的手下齐助。齐助是地虫之子？闻所未闻。落网的其他手下也未曾提及。

"我就这么一个儿子……我和阿良的儿子……好不容易才见着……才跟了我一年……都没来得及相认……"

脑海中勾勒的画面突然颠倒。描画多年的仇恨、执念和因果瞬间天翻地覆，混沌一片，恰似倒转的曼荼罗。

"你是……为了给儿子报仇？"

没有回应。榆老爹只是攘着茂十的胸口哭泣不止，活像一个孩子。

瘦弱的分量分外烫手。兽吼般的哭声哀切无比。

同是天涯沦落人。堆房之中，坐着两位可怜的父亲。

为痛失独子恸哭流涕，无法接受事实，为往昔所困，难以迈步前行。为愤怒取代，又逐渐化作仇恨的情绪喷涌而出。

"修之进……修之进……"

每唤一声，都有热流顺着脸颊滑落。

茂十号啕大哭，尽情哀悼爱儿的离去。

不知是什么撬开了记忆的封印。

茂十曾不止一次提起齐助，对方却全无反应。

身披猩红衬衫的雪雕与儿子用鲜血染红的雪人重叠在一起，化作打开封印的钥匙。两人连"忌讳雪人"这一点都是分毫不差。

"阿良"许是次郎吉的昔日相好。他在机缘巧合下遇到了失散已久的儿子，却只得将人收入麾下，迟迟无法相认。

事到如今，也无法找榆老爹——找次郎吉求证了。

茂十没能再问出什么。榆老爹哭着睡去。次日早晨，他又变回了平时的痴傻老头。

找个雪天再试试吧——

茂十心想。谁知榆老爹毫无预兆地走了，似是不肯让他如愿。

年三十早晨。榆老爹迟迟没有现身，于是茂十便寻去堆房。只见老爷子如初生婴孩般蜷着手脚，早已没了气息。

"榆老爹，你也太不厚道了……这样多扫兴啊……"

茂十攥着那只骨瘦如柴、斑痕密布的手，潸然泪下。

他们之间有着常人无法比拟的深厚缘分。尽管这缘分，建立在仇恨之上。如今他走了，茂十心里空落落的，仿佛丢了什么要紧的东西。

与失去妻儿时如出一辙。这种心境，正是寂寥。

"他走得很安详。"

"是啊。也不知榆老爹多大年纪了，在心町总算得上高寿。想必他老人家也心满意足了。"

守灵会与葬礼是街坊们凑钱办的，一切从简。遗体送去火化。

年关一过，茂十时常发呆。但时光总会无情流逝，人的脚步也永无停歇。

"管事大叔，近来老见您出神，身子还好吧？"

坡下的千穗仰头问道。茂十忙回以微笑。

"眼看着明天就要办婚礼了，您可得打起精神来呀。"

"真没想到，咱们千穗都要嫁人啦。"

"我自个儿也没想到……到头来竟跟那丑八怪凑了一对。"

"哎哟喂……"

前年夏天，千穗和年轻上绘师的恋情无果而终。一眨眼，都过去快两年了。起初茂十还有些担心，所幸千穗心性坚毅，从未在人前表现出丝毫的灰心丧气。她一直都在"志野屋"接针线活，后来便和店里的领班师傅定了亲，想必以后的日子是用不着操心了。

"志野屋"老板盛情操办的婚礼将于明日举行。茂十也得了请帖，还要当众致贺词。

"你这一走，心町可就冷清喽。"

"您呢？您会一直留在这里吗？"

茂十本想赔个笑，但笑不出来。

"怎么问起这个了？"

"随口问问嘛。因为榆老爹走后，您就一直没精打采的……总觉着您是不是想走了。"

小姑娘的直觉敏锐得令人咋舌。

"千穗，你说呢？"

"随您的意呗……您愿意留下就再好不过啦。我们早就习惯有您在的心町了。"

"哦……"

将茂十的存在变为理所当然的，也正是心町的街坊们。乍看是茂十以管事的身份照看他们，殊不知，是他们将本已化为灰烬的茂十带回了烟火人间。

"千穗！你要磨蹭到何时啊，明日要用的东西还没收拾好呢！"

　　千穗快步赶回家去。母亲的唠叨和女儿的抱怨更唱迭和。

　　"要不买盆梅花回来吧……"

　　神似圆润花瓣的浮云，在正月中旬的天际翩跹而舞。